Cute Monsters

Name Your cute Monster !

1) Follow the steps .
2) Draw it,
3) color it

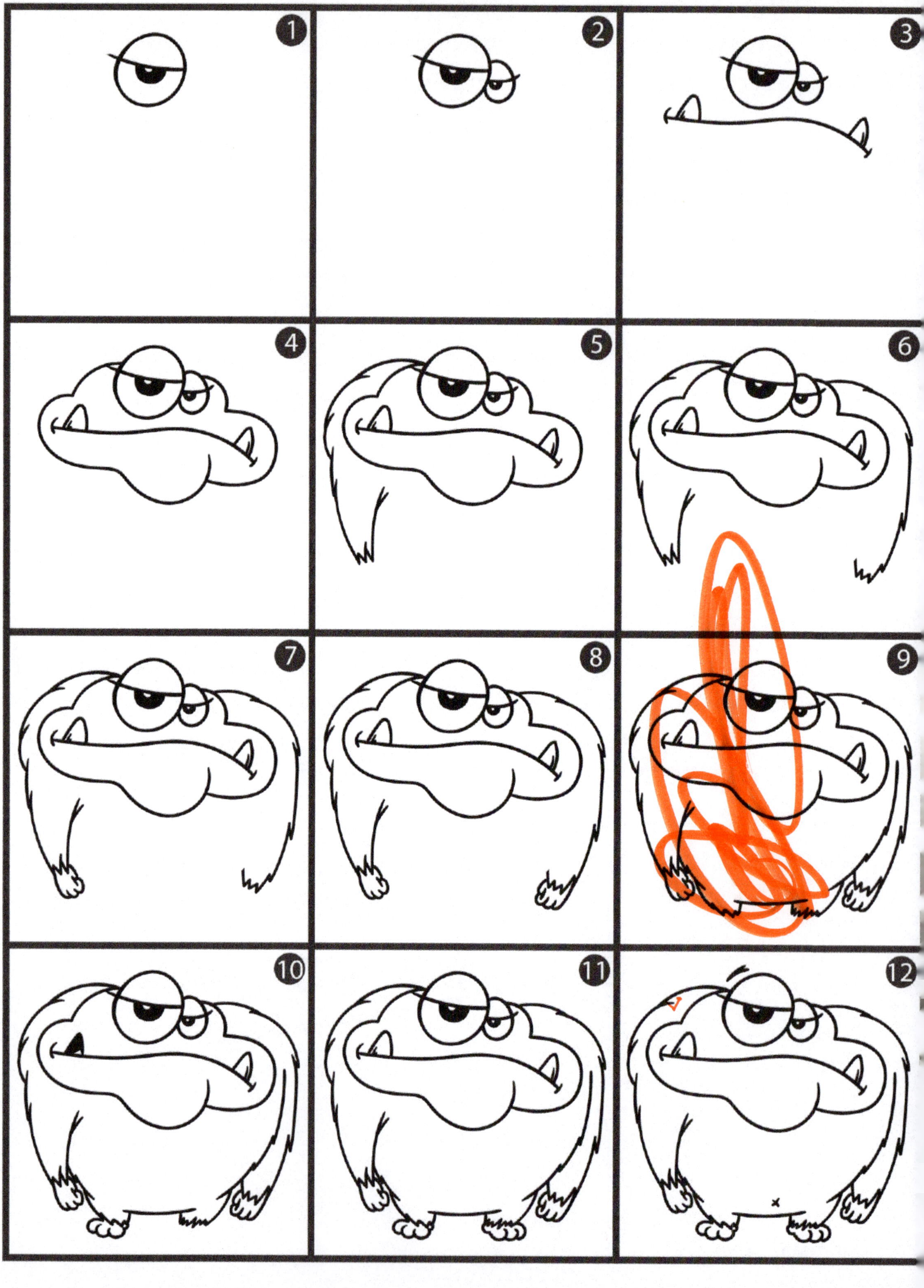
1
2
3
4
5
6
7
8
9
10
11
12

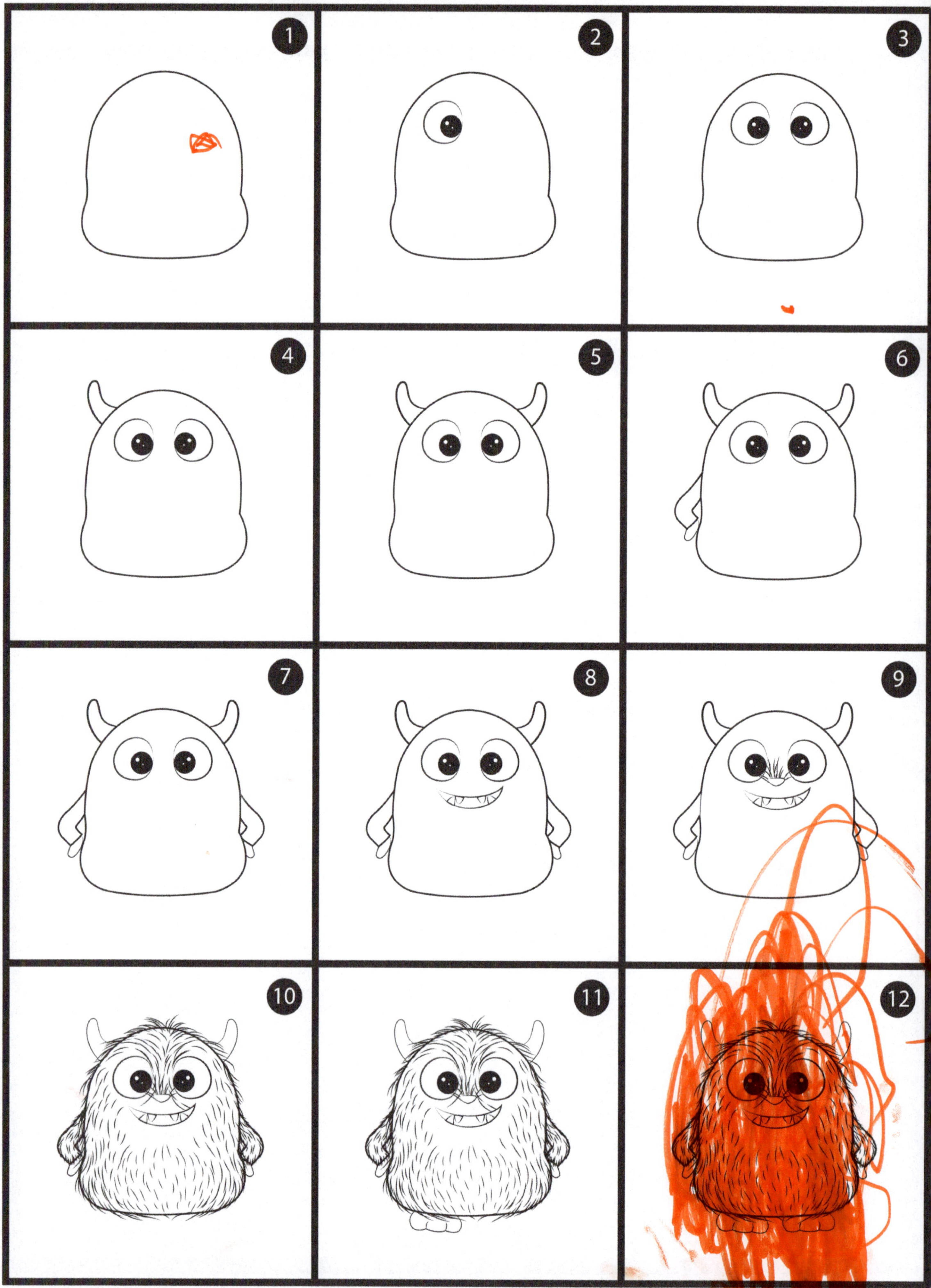
1
2
3
4
5
6
7
8
9
10
11
12

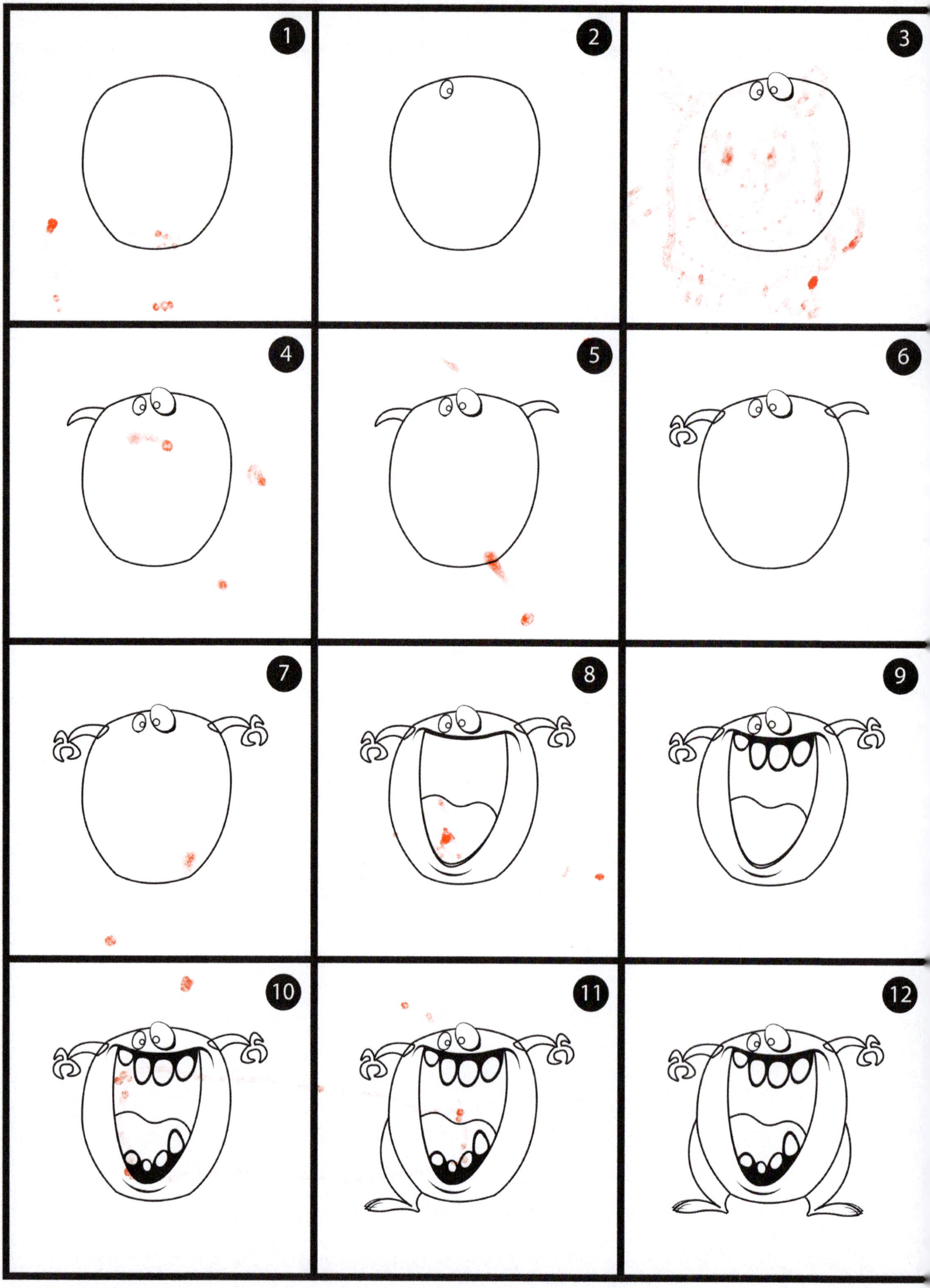
1
2
3
4
5
6
7
8
9
10
11
12

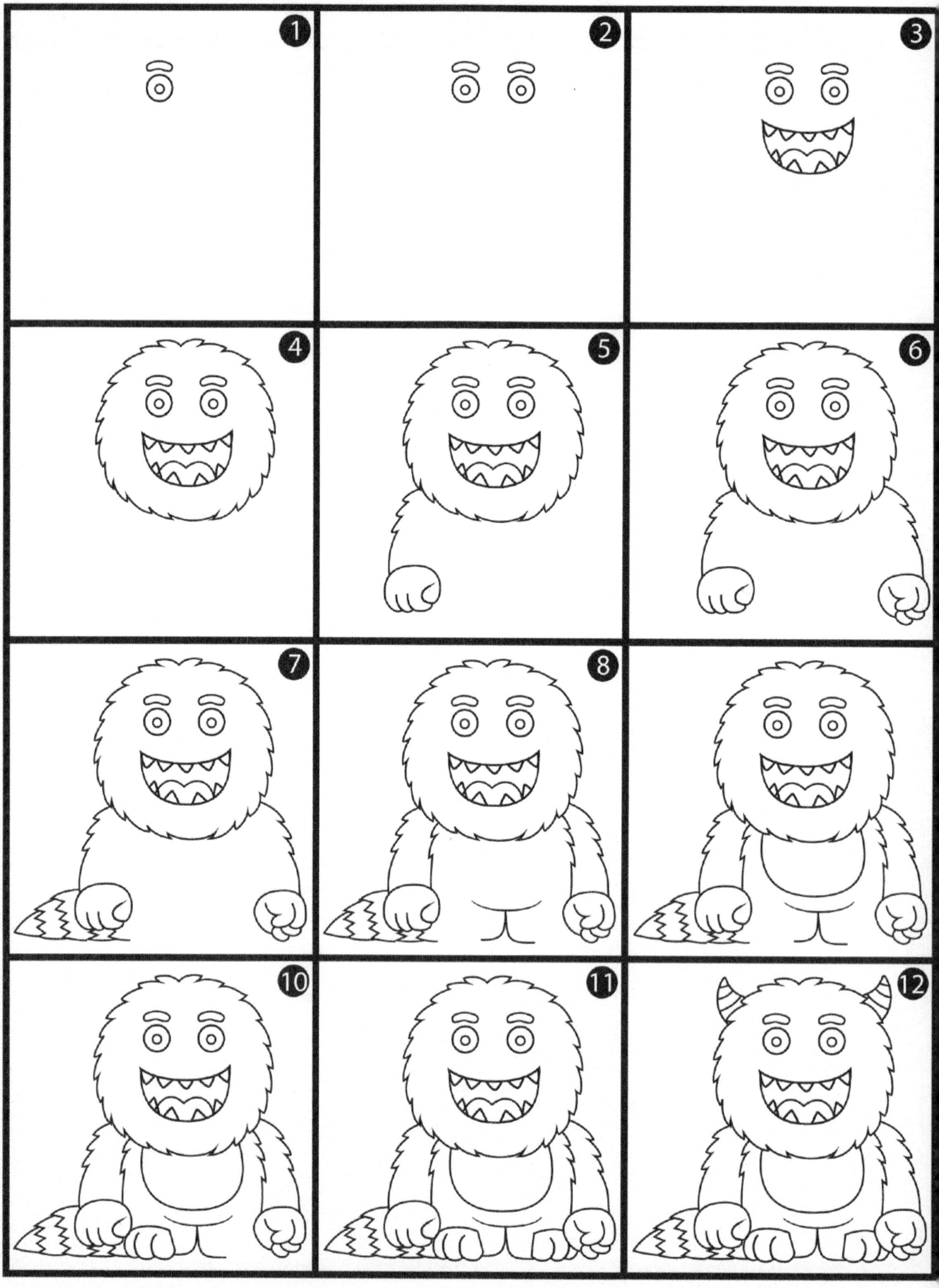
1
2
3
4
5
6
7
8
9
10
11
12

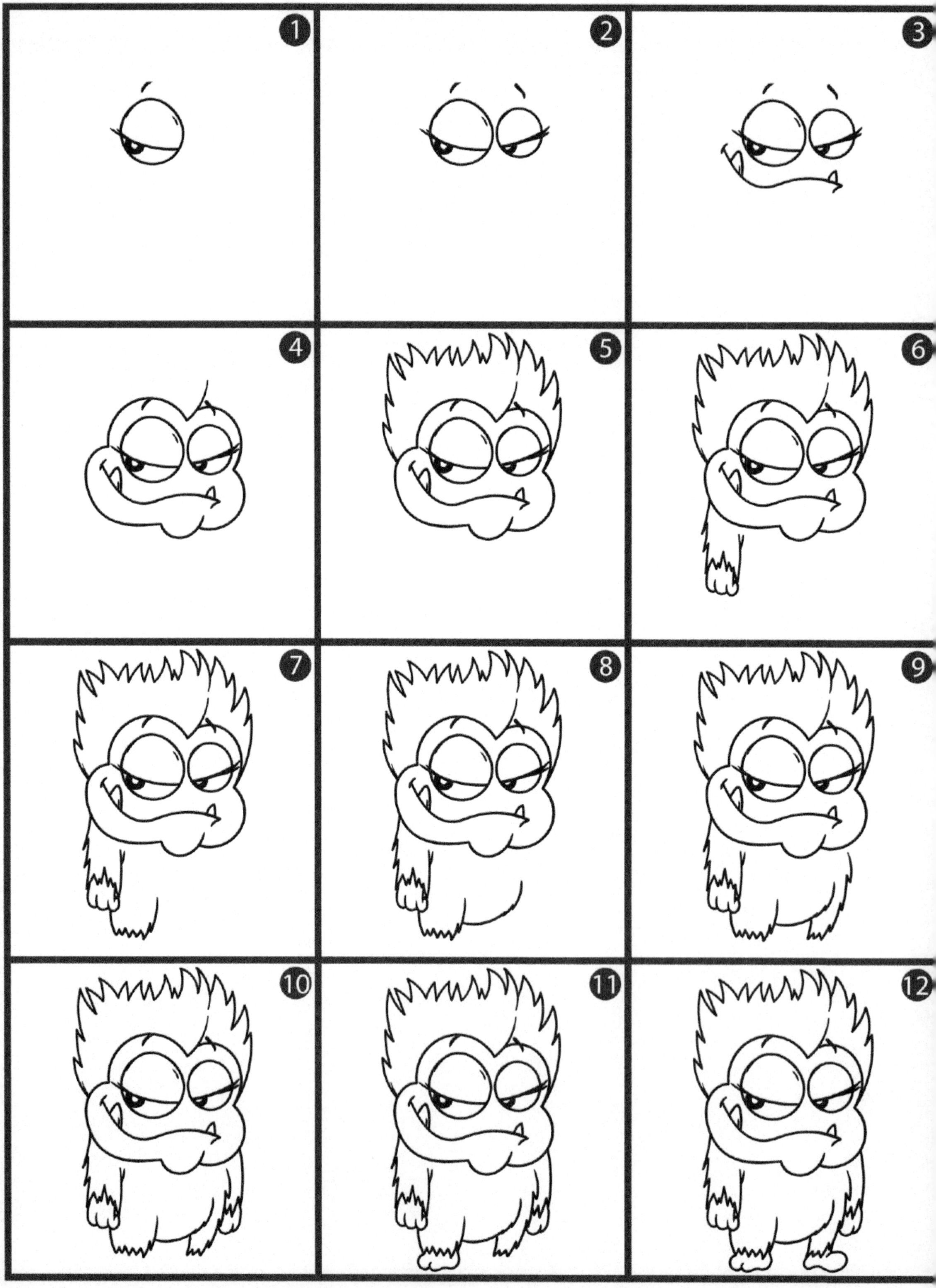
1
2
3
4
5
6
7
8
9
10
11
12

1
2
3
4
5
6
7
8
9
10
11
12

1
2
3
4
5
6
7
8
9
10
11
12

1
2
3
4
5
6
7
8
9
10
11
12

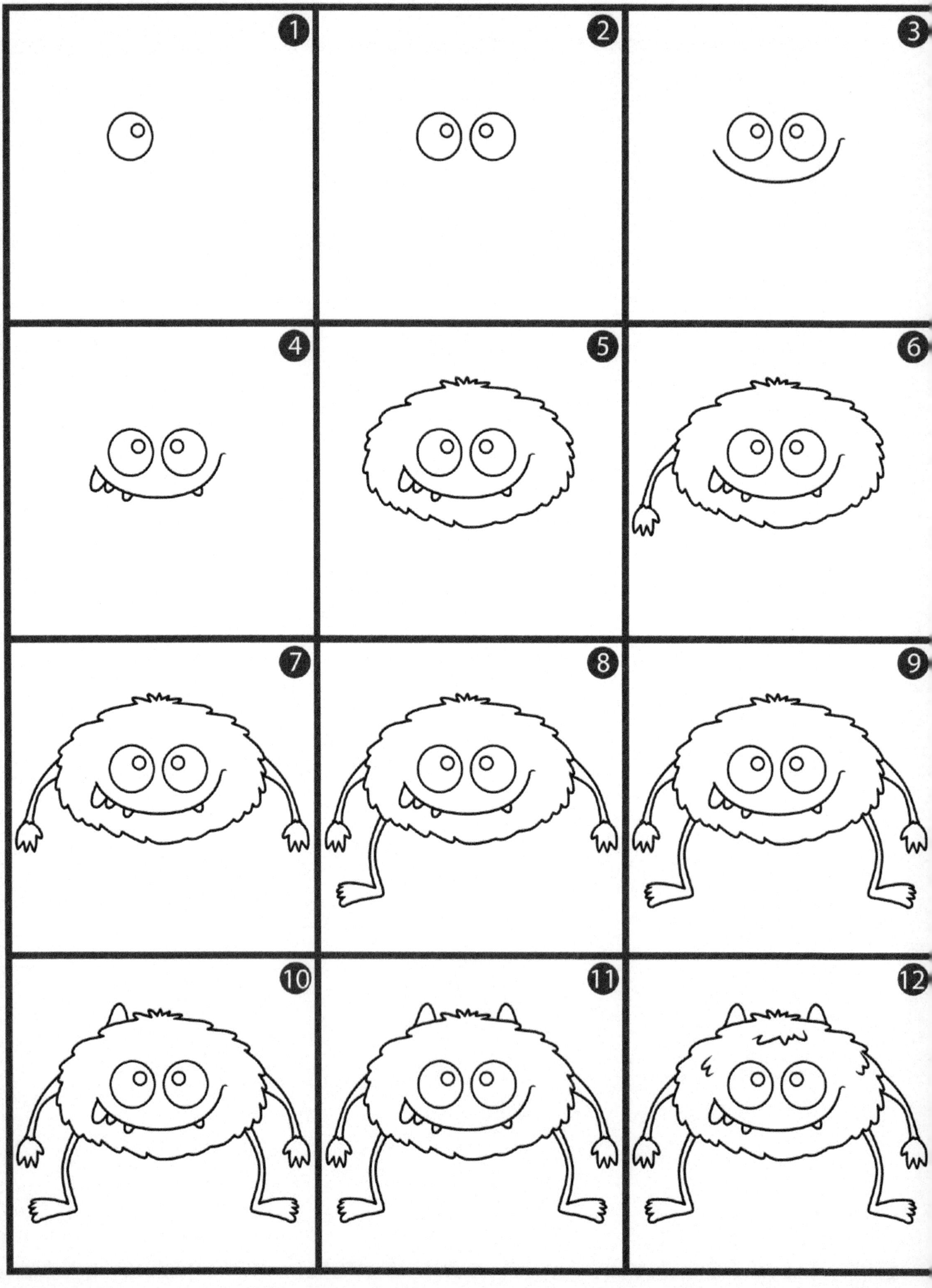
1
2
3
4
5
6
7
8
9
10
11
12

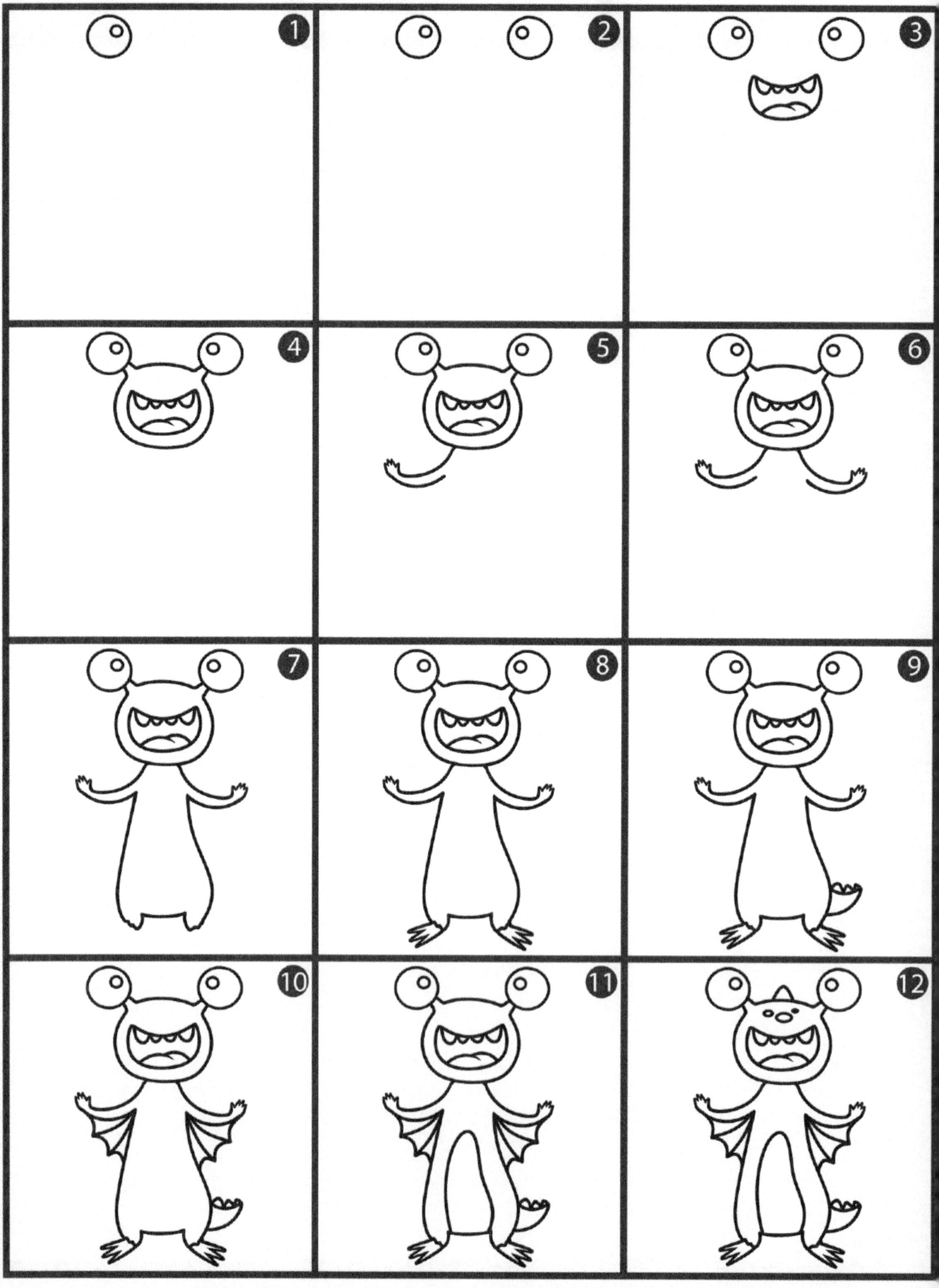
1
2
3
4
5
6
7
8
9
10
11
12

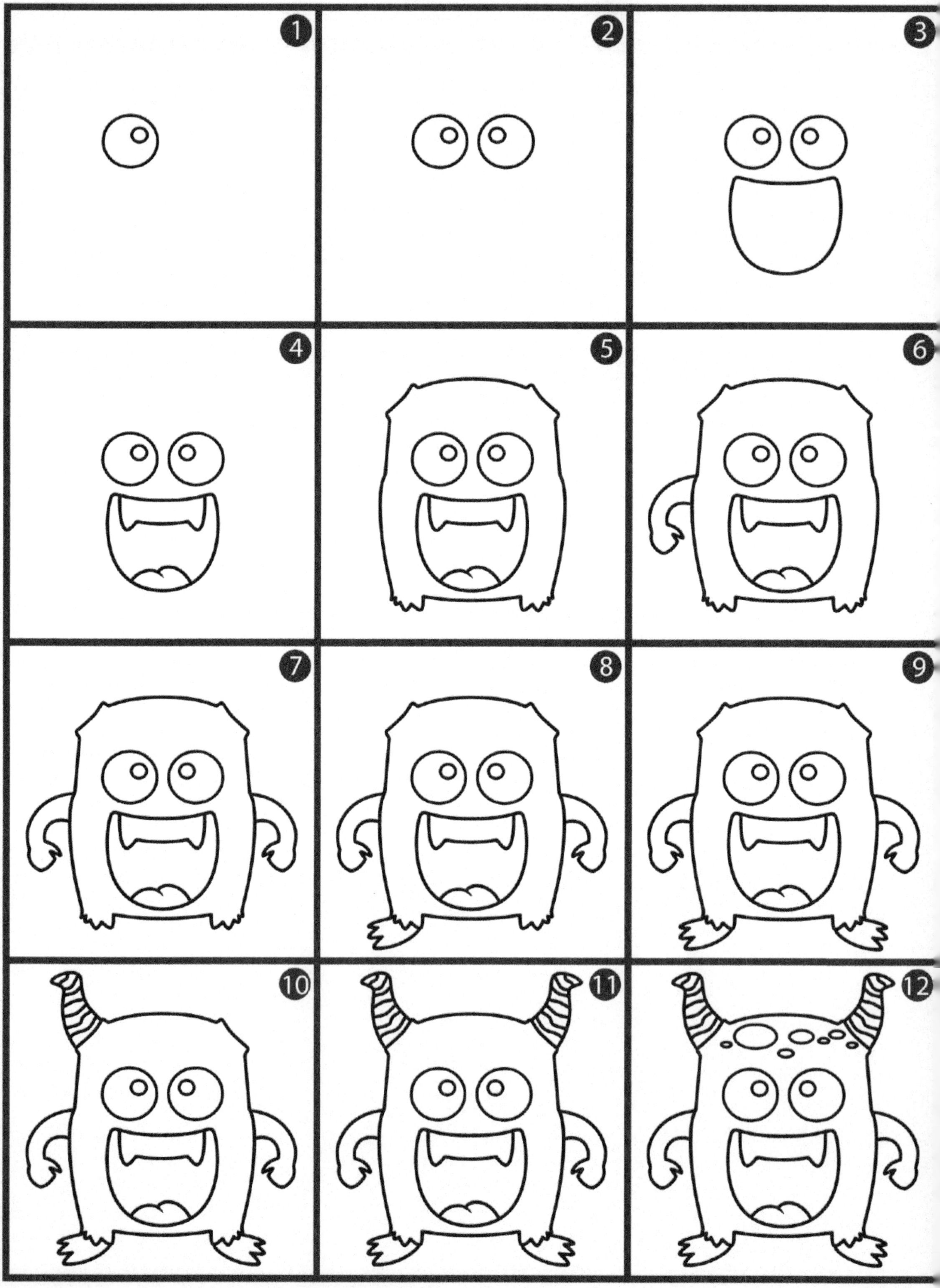
1
2
3
4
5
6
7
8
9
10
11
12

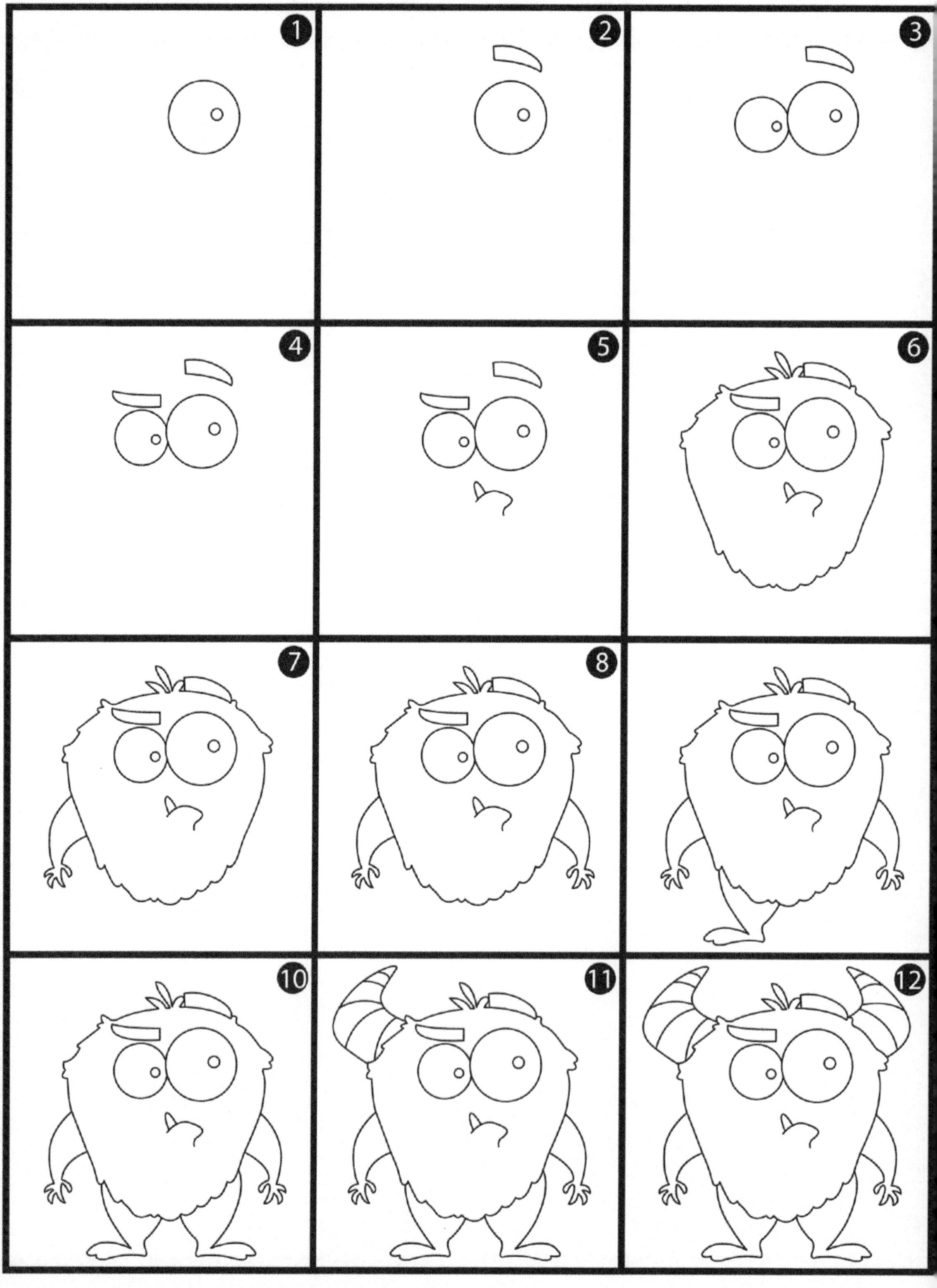
1
2
3
4
5
6
7
8
10
11
12

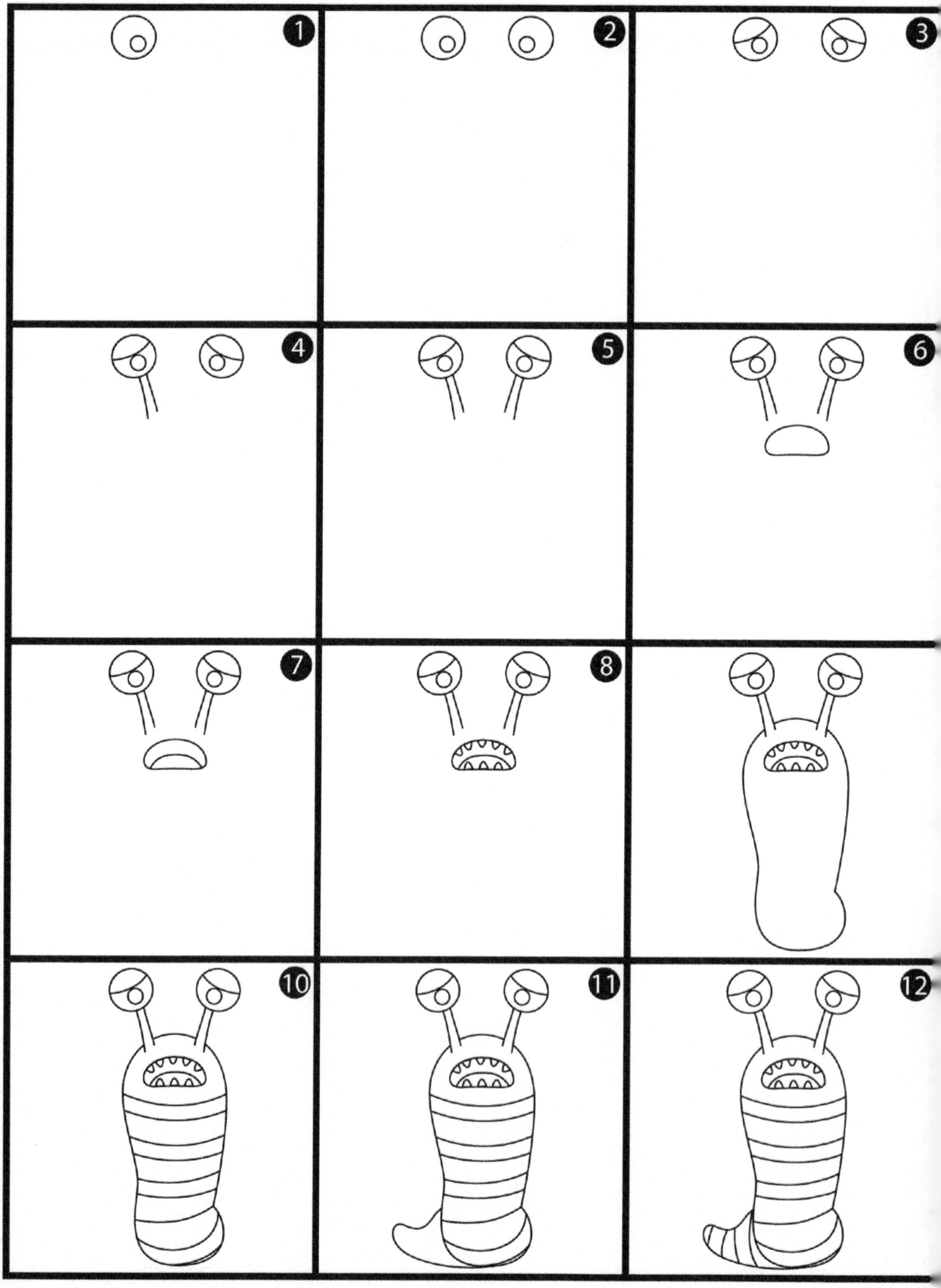
1
2
3
4
5
6
7
8
10
11
12

1
2
3
4
5
6
7
8
9
10
11
12

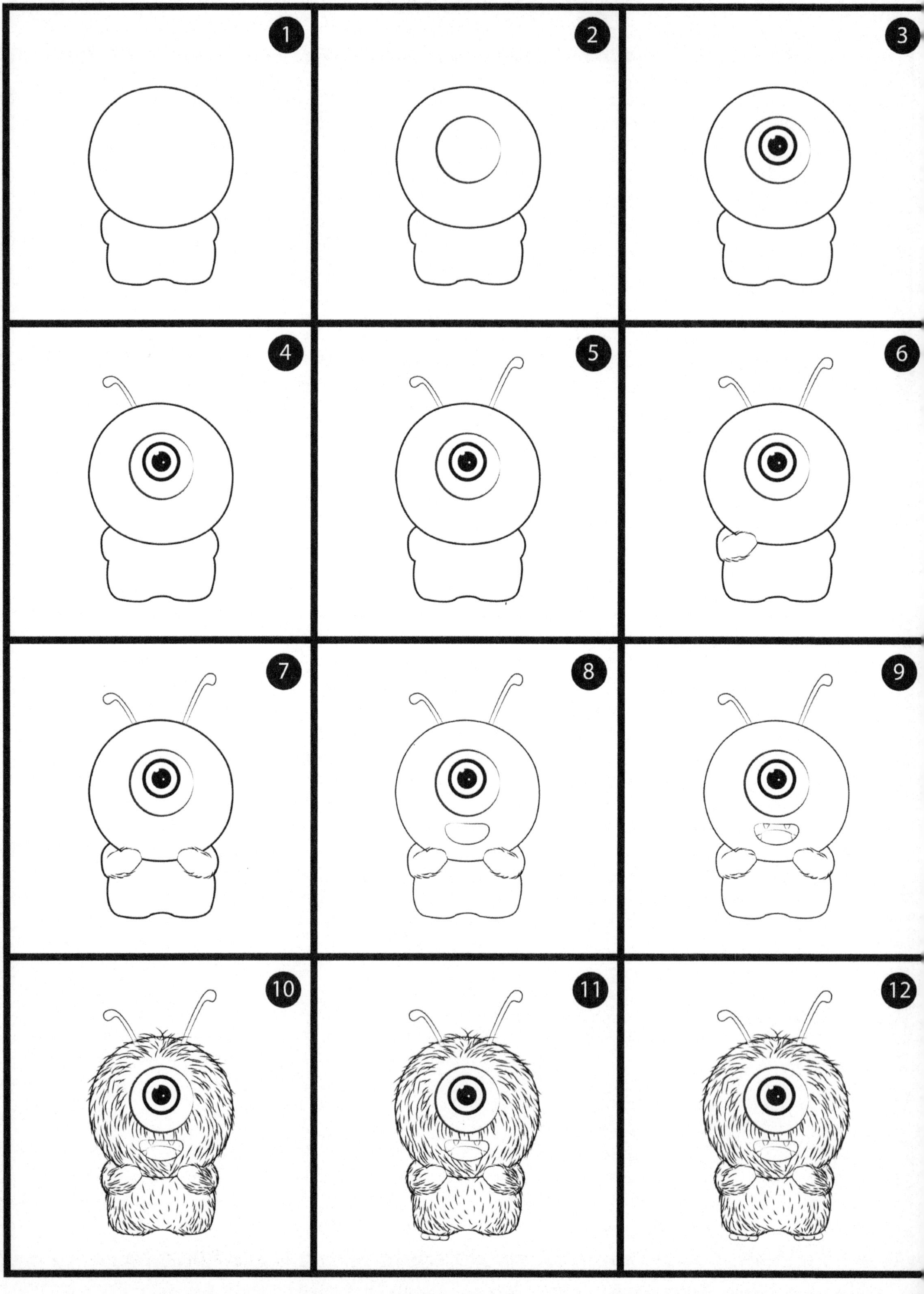
1
2
3
4
5
6
7
8
9
10
11
12

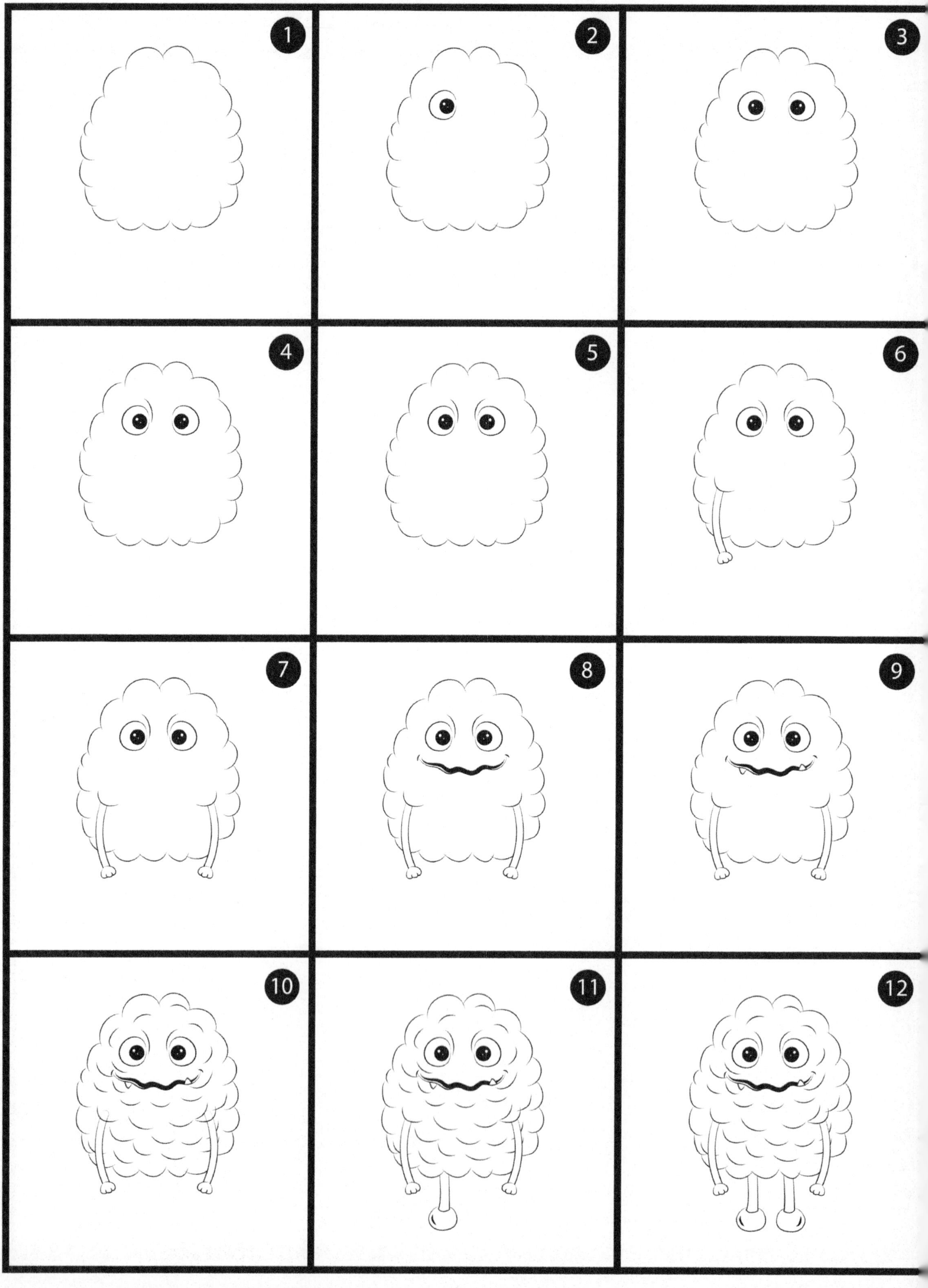
1
2
3
4
5
6
7
8
9
10
11
12

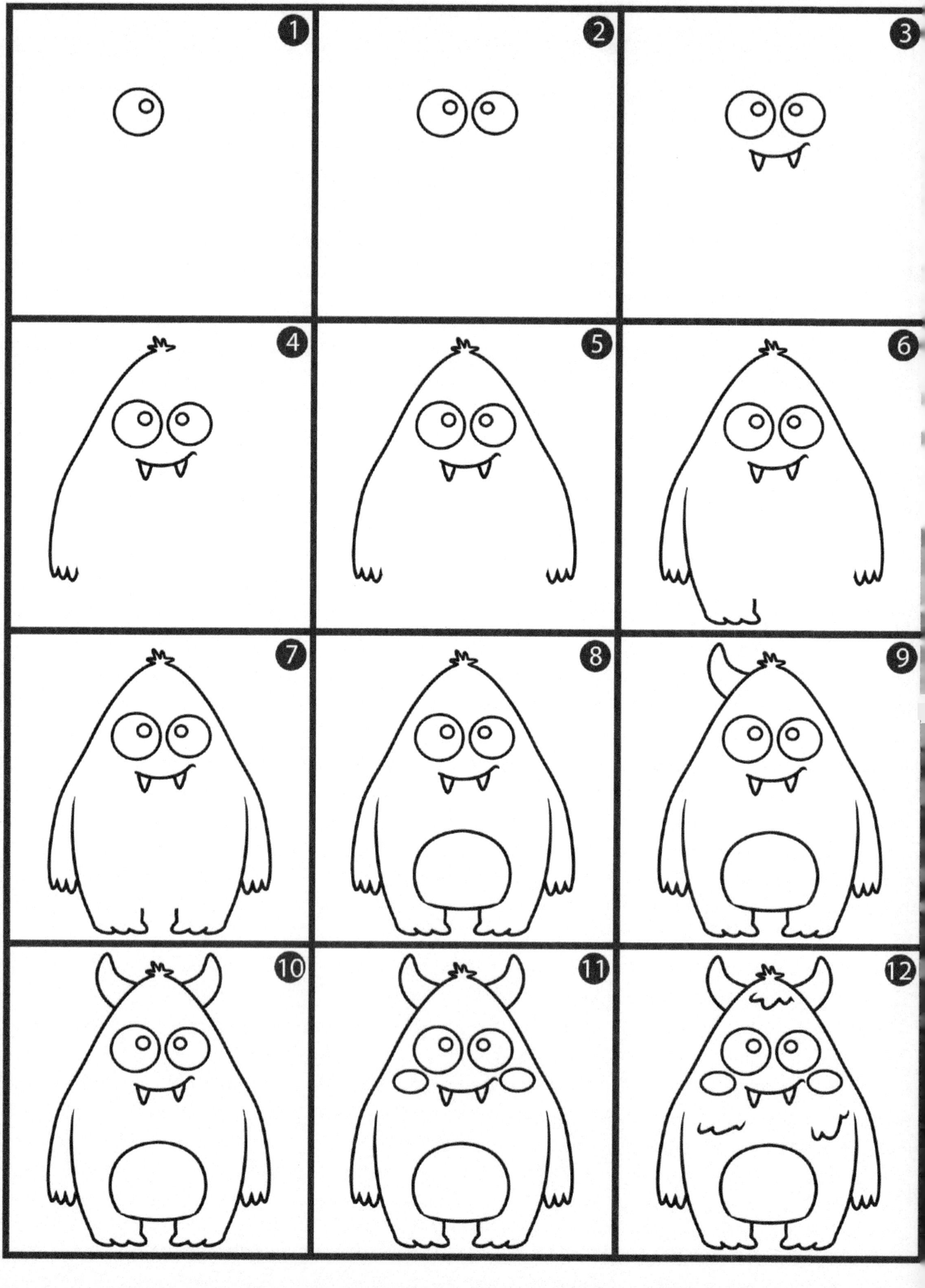
1
2
3
4
5
6
7
8
9
10
11
12

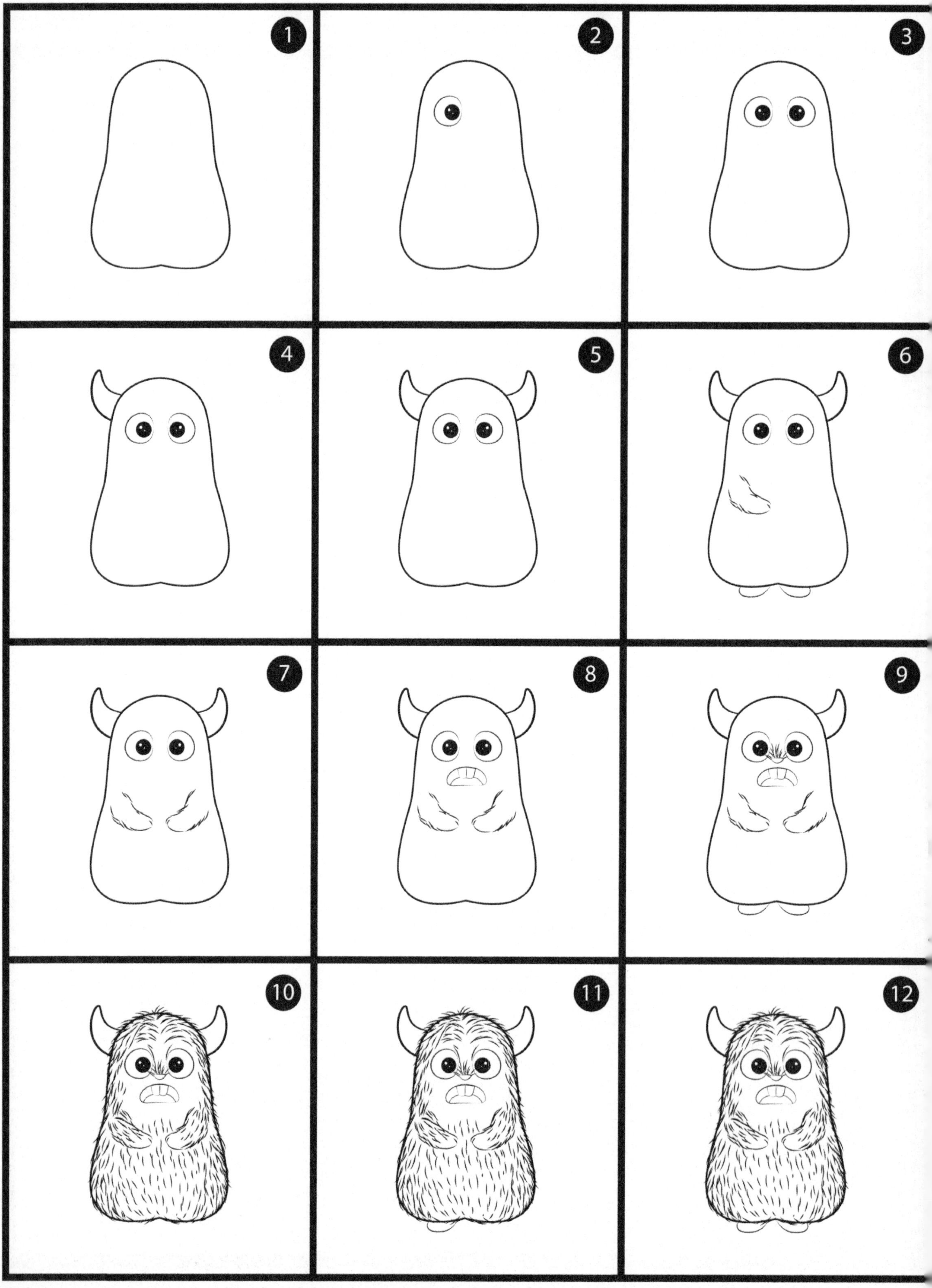
1
2
3
4
5
6
7
8
9
10
11
12

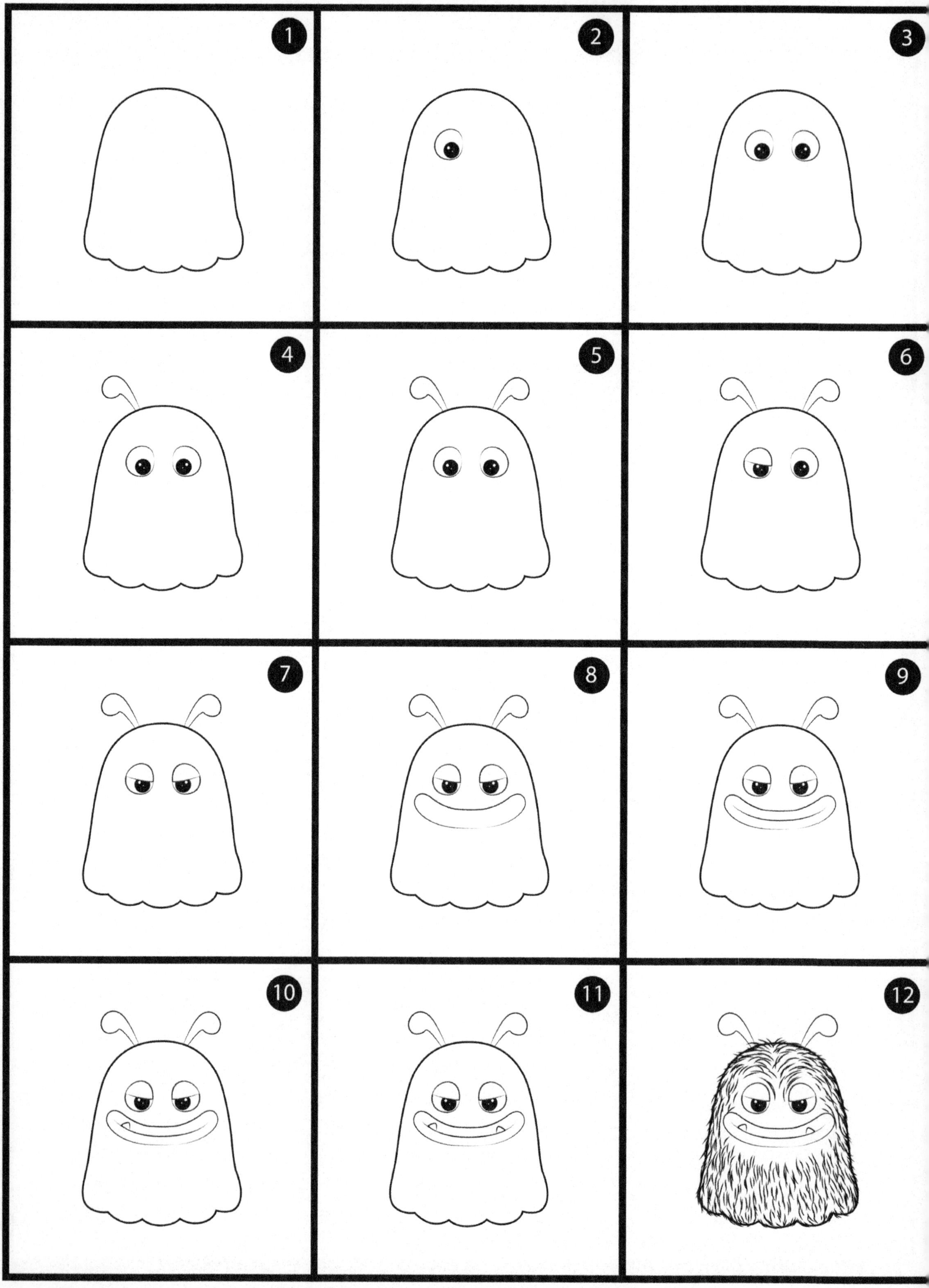
1
2
3
4
5
6
7
8
9
10
11
12

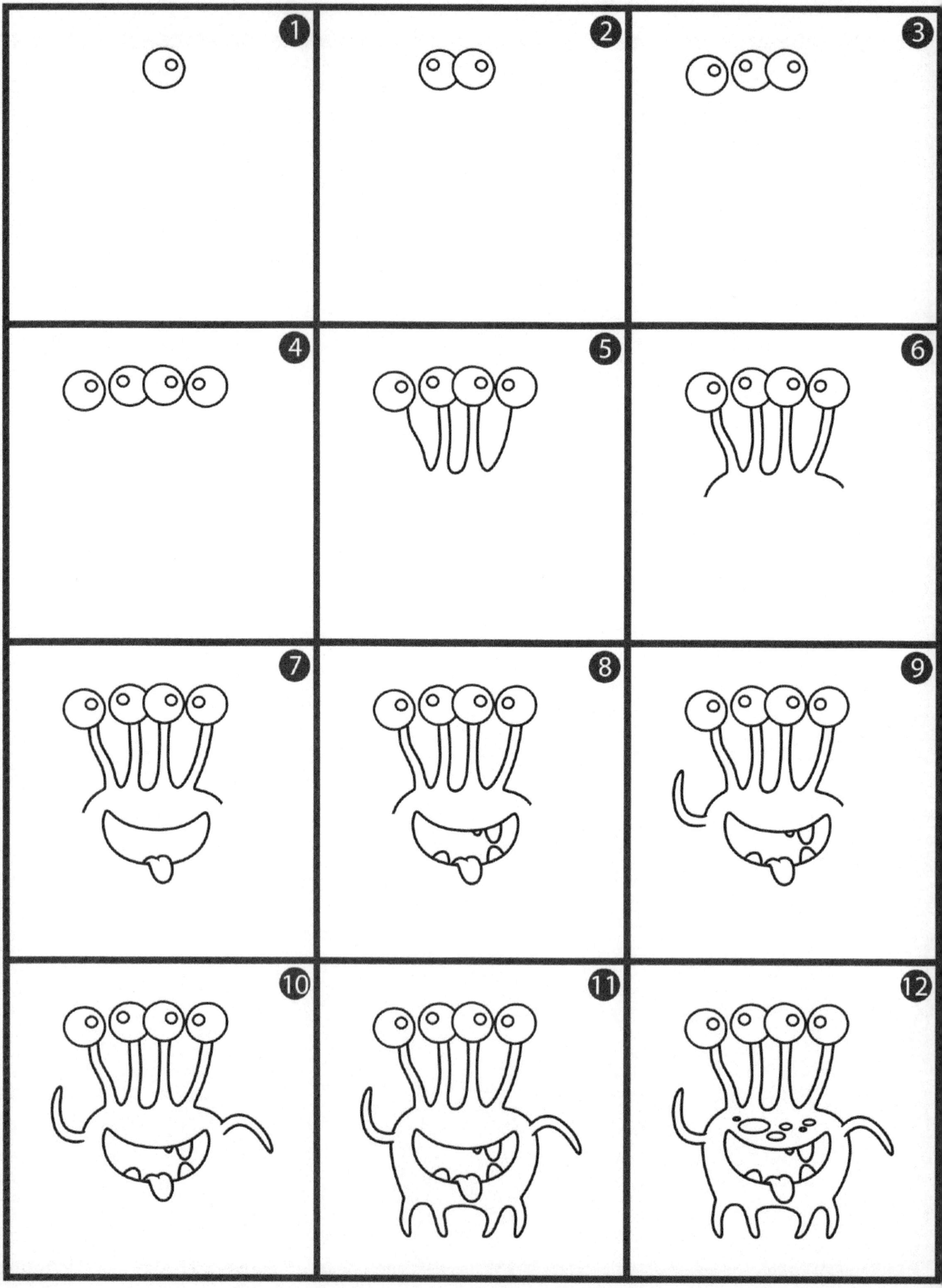
1
2
3
4
5
6
7
8
9
10
11
12

1
2
3
4
5
6
7
8
9
10
11
12

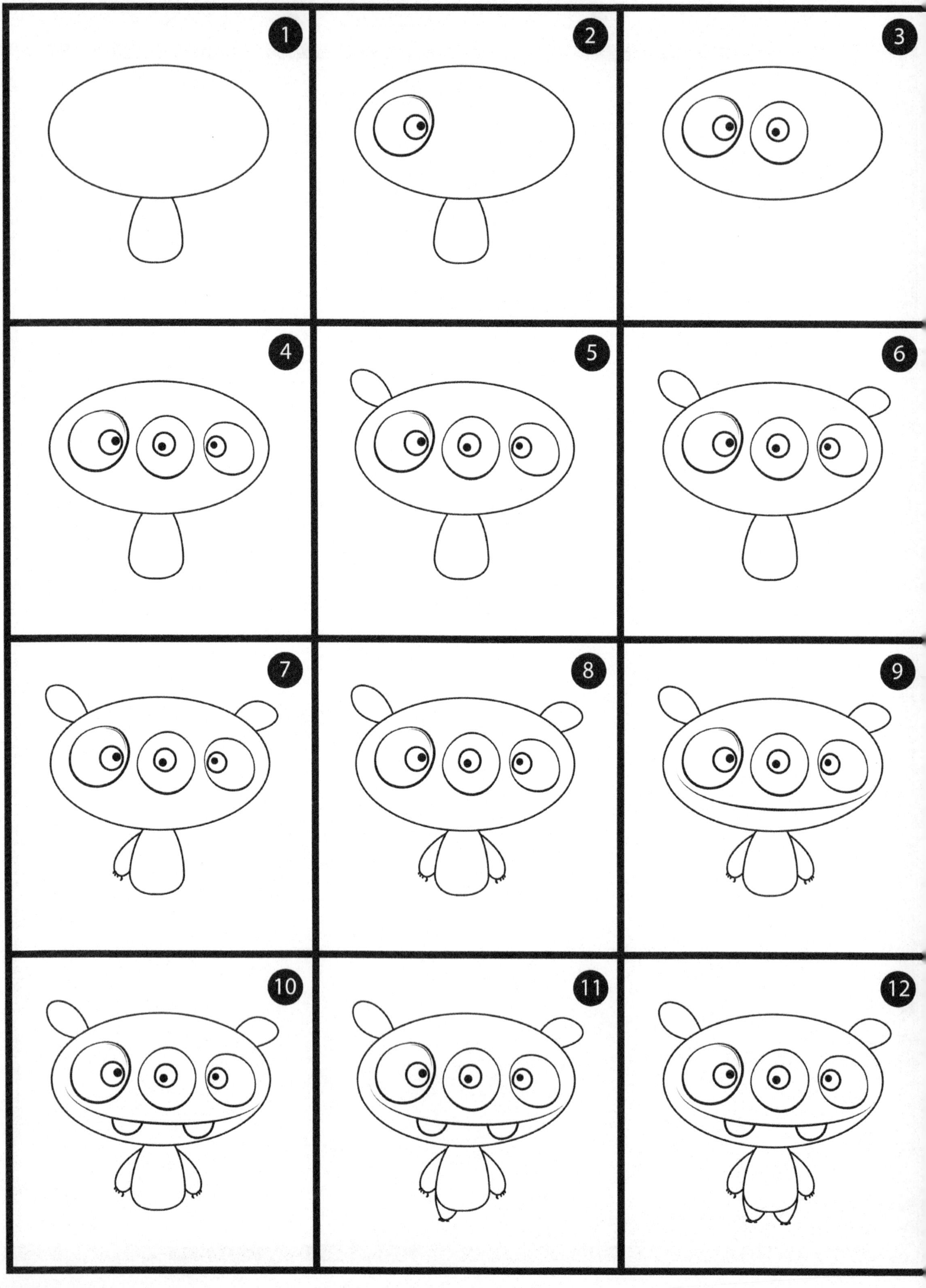
1
2
3
4
5
6
7
8
9
10
11
12

1
2
3
4
5
6
7
8
9
10
11
12

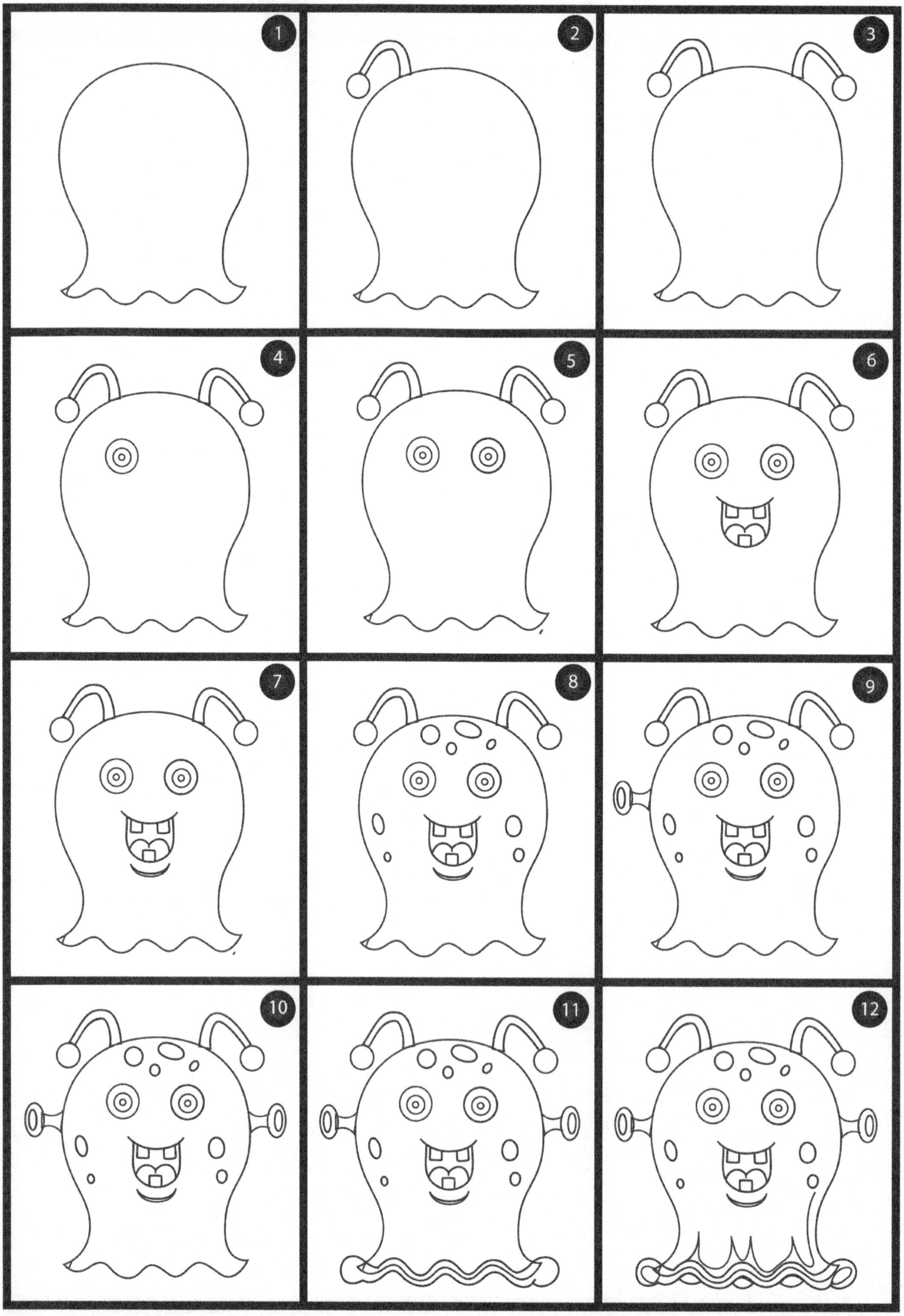
1
2
3
4
5
6
7
8
9
10
11
12

1
2
3
4
5
6
7
8
9
10
11
12

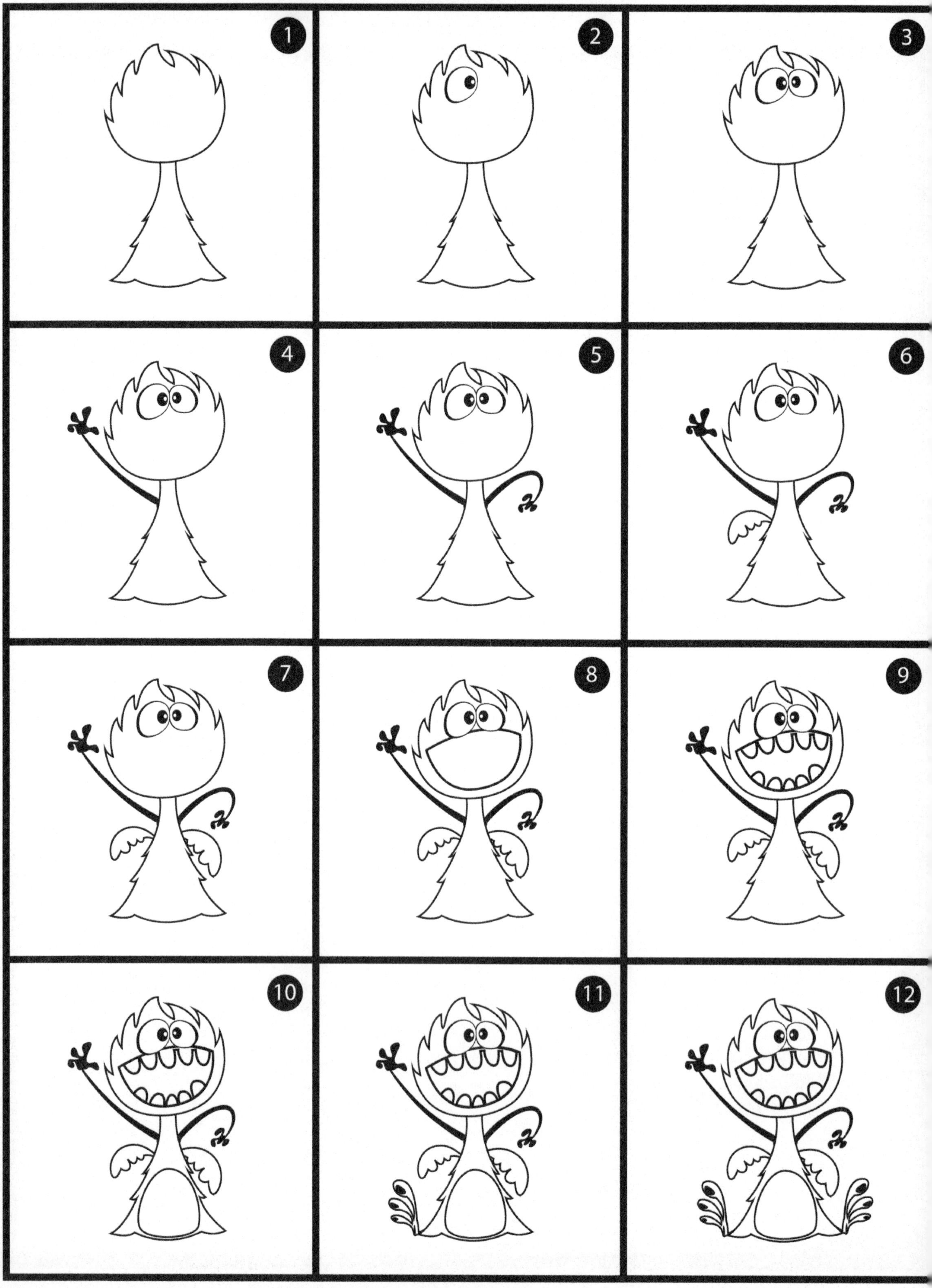
1
2
3
4
5
6
7
8
9
10
11
12

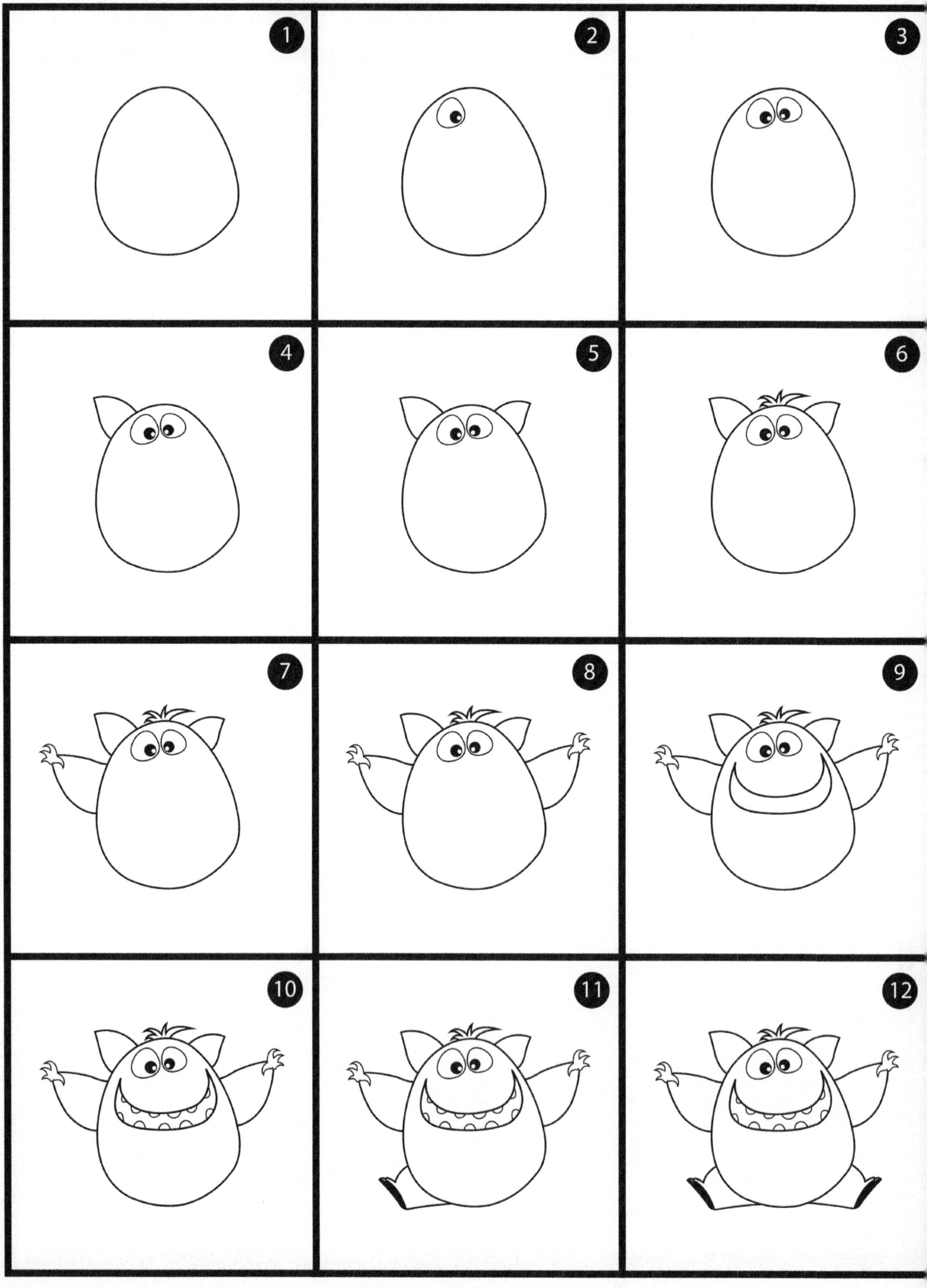
1
2
3
4
5
6
7
8
9
10
11
12

1
2
3
4
5
6
7
8
9
10
11
12

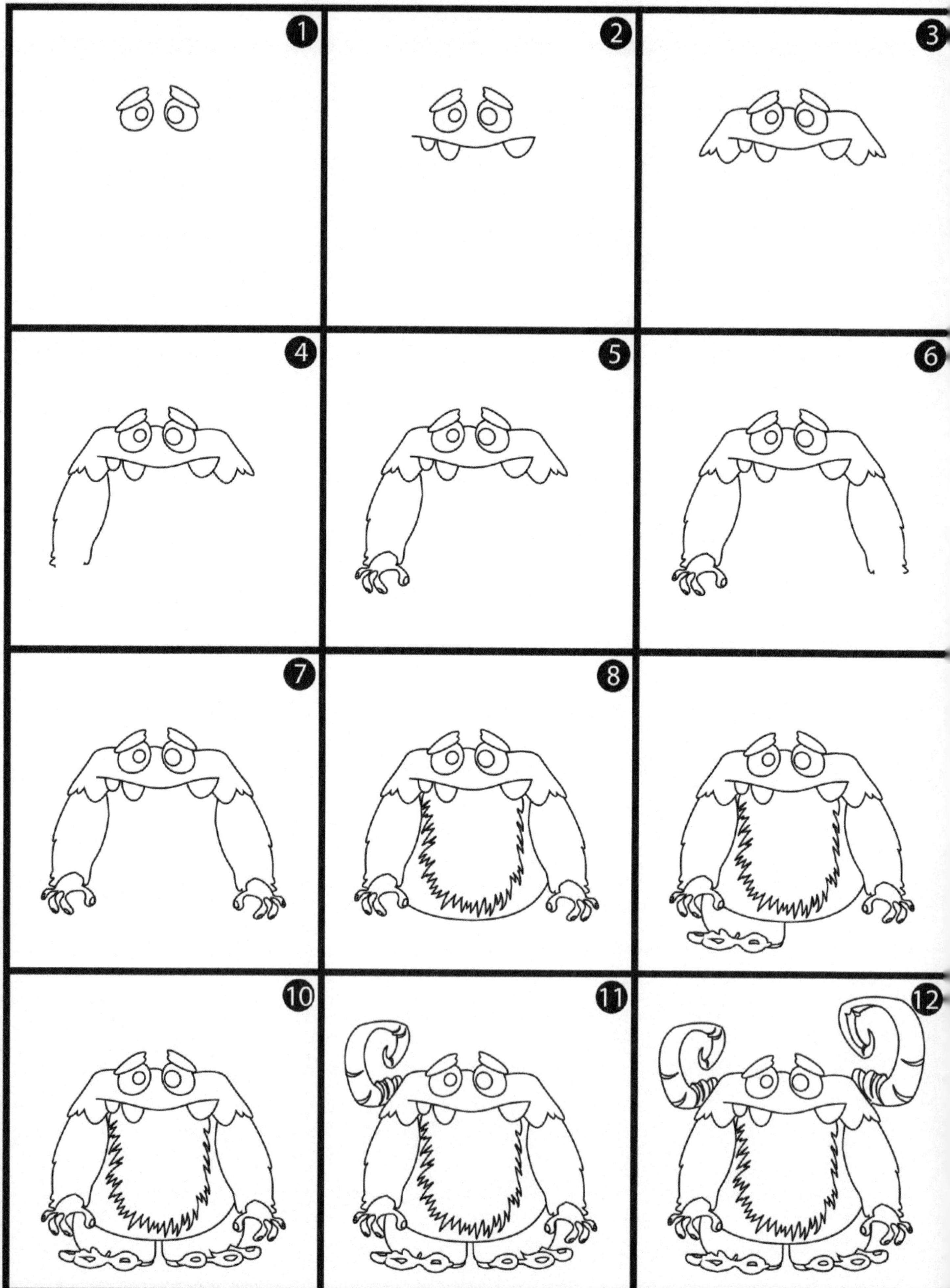
1
2
3
4
5
6
7
8
10
11
12

1
2
3
4
5
6
7
8
9
10
11
12

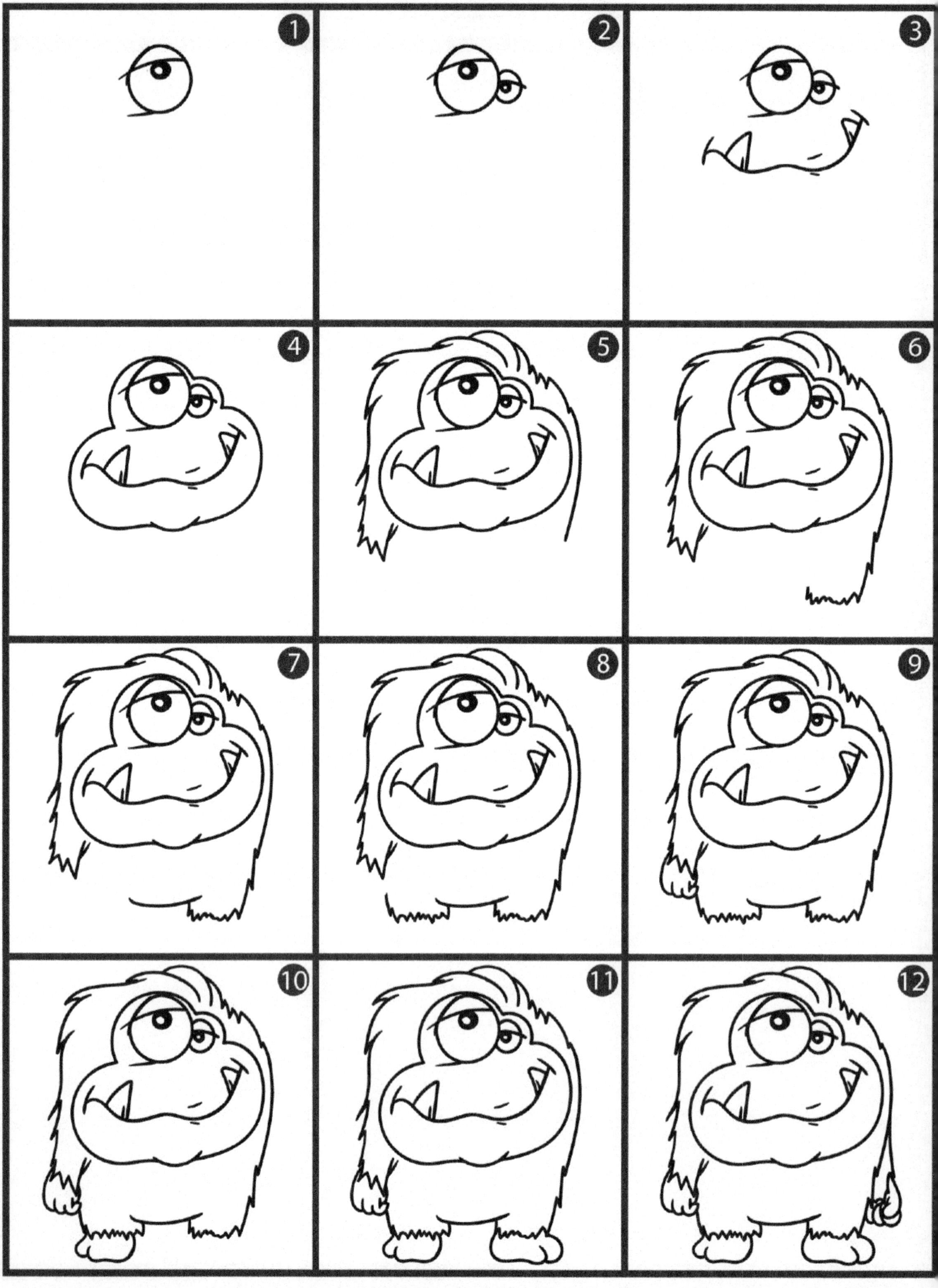
1
2
3
4
5
6
7
8
9
10
11
12

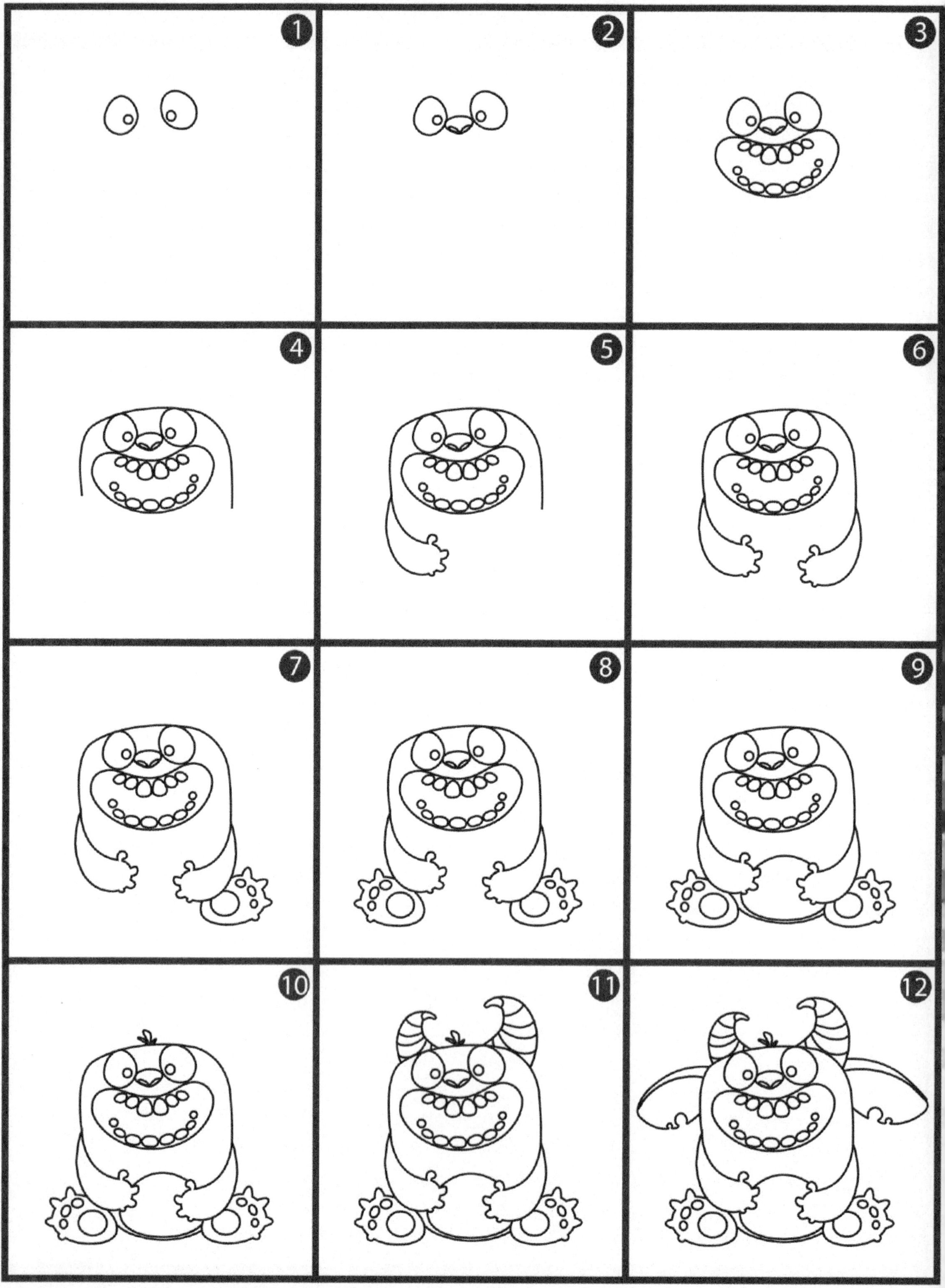
1
2
3
4
5
6
7
8
9
10
11
12

1
2
3
4
5
6
7
8
10
11
12

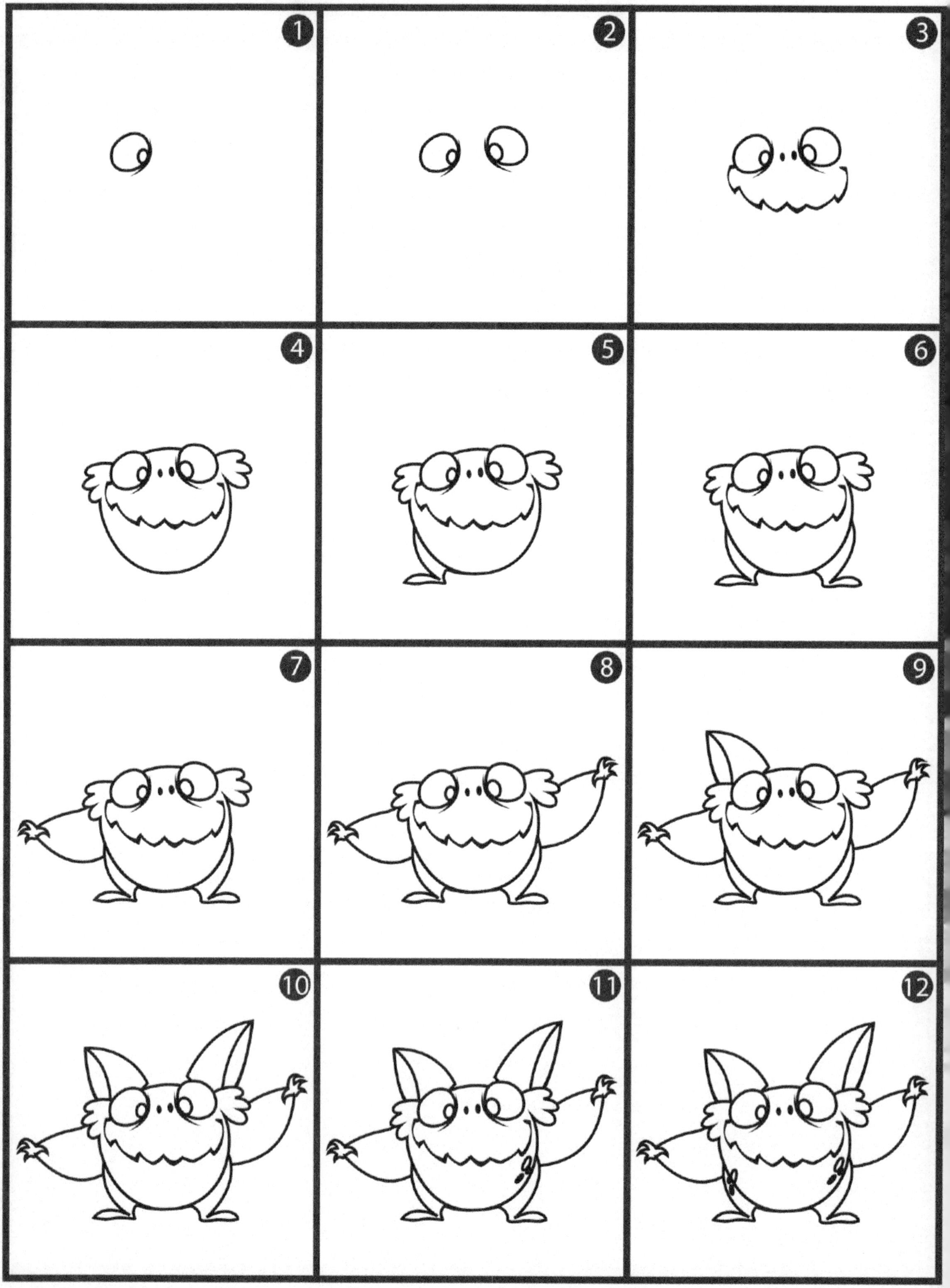
1
2
3
4
5
6
7
8
9
10
11
12

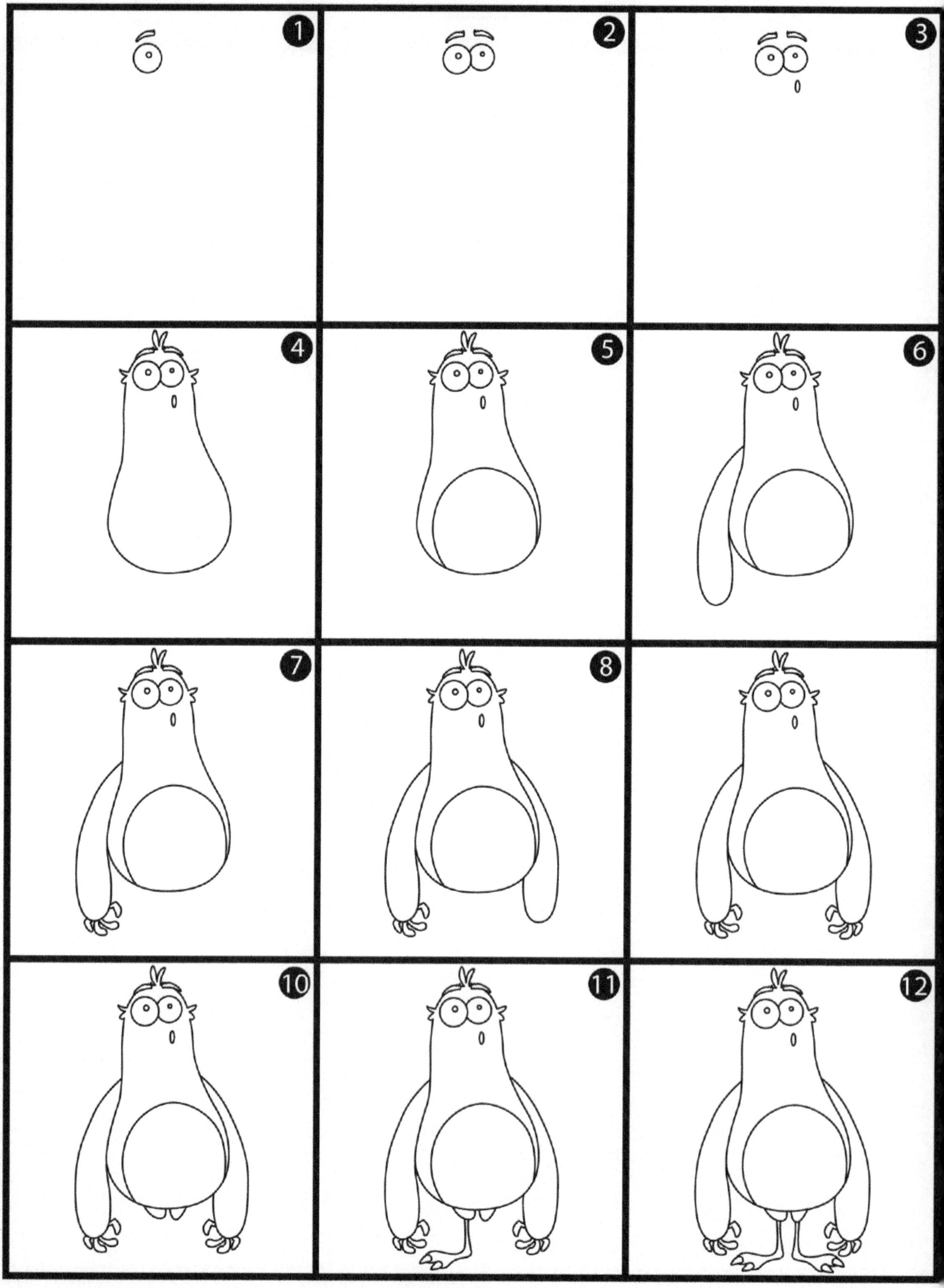
1
2
3
4
5
6
7
8
10
11
12

1
2
3
4
5
6
7
8
9
10
11
12

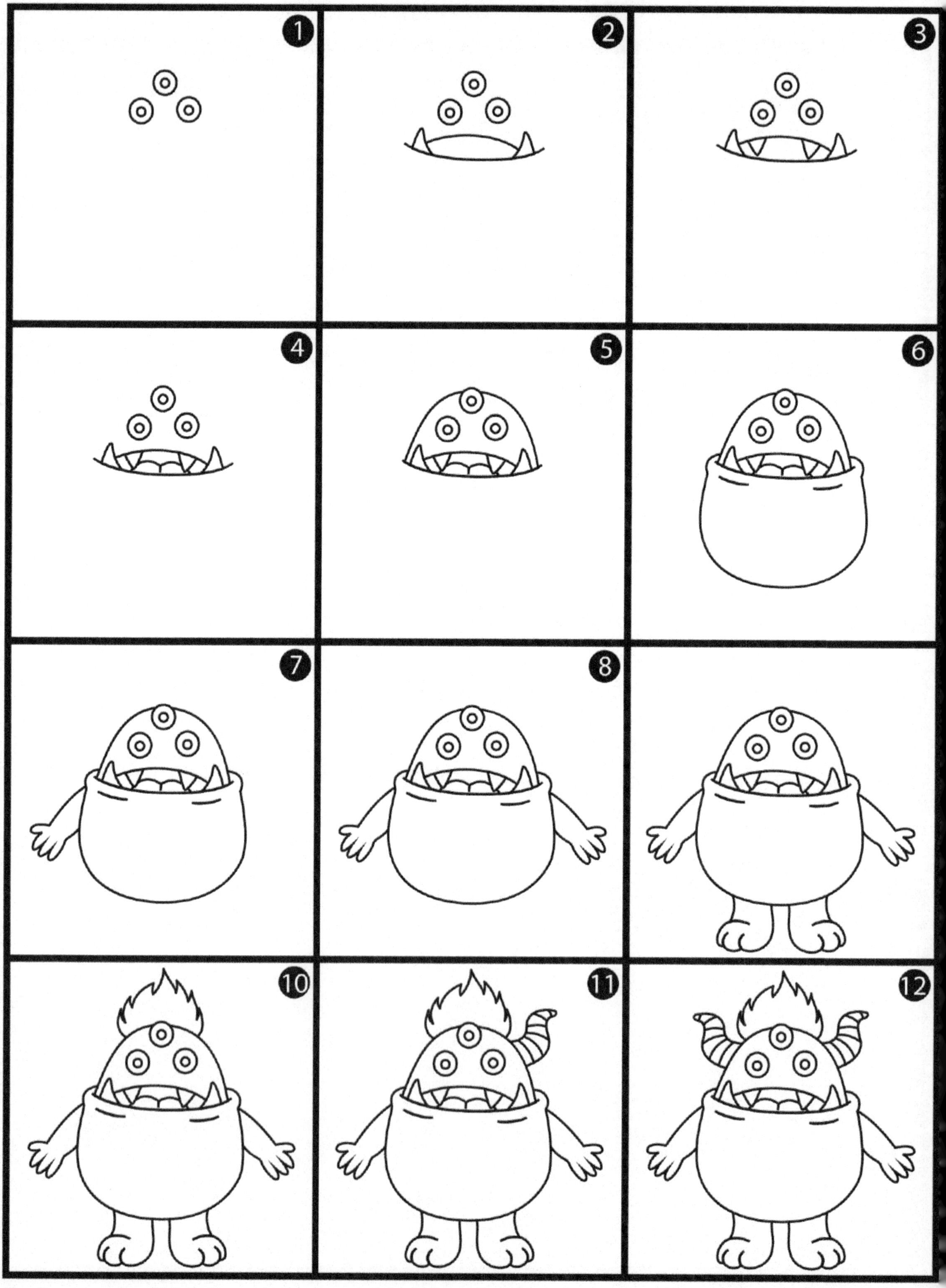
1
2
3
4
5
6
7
8
10
11
12

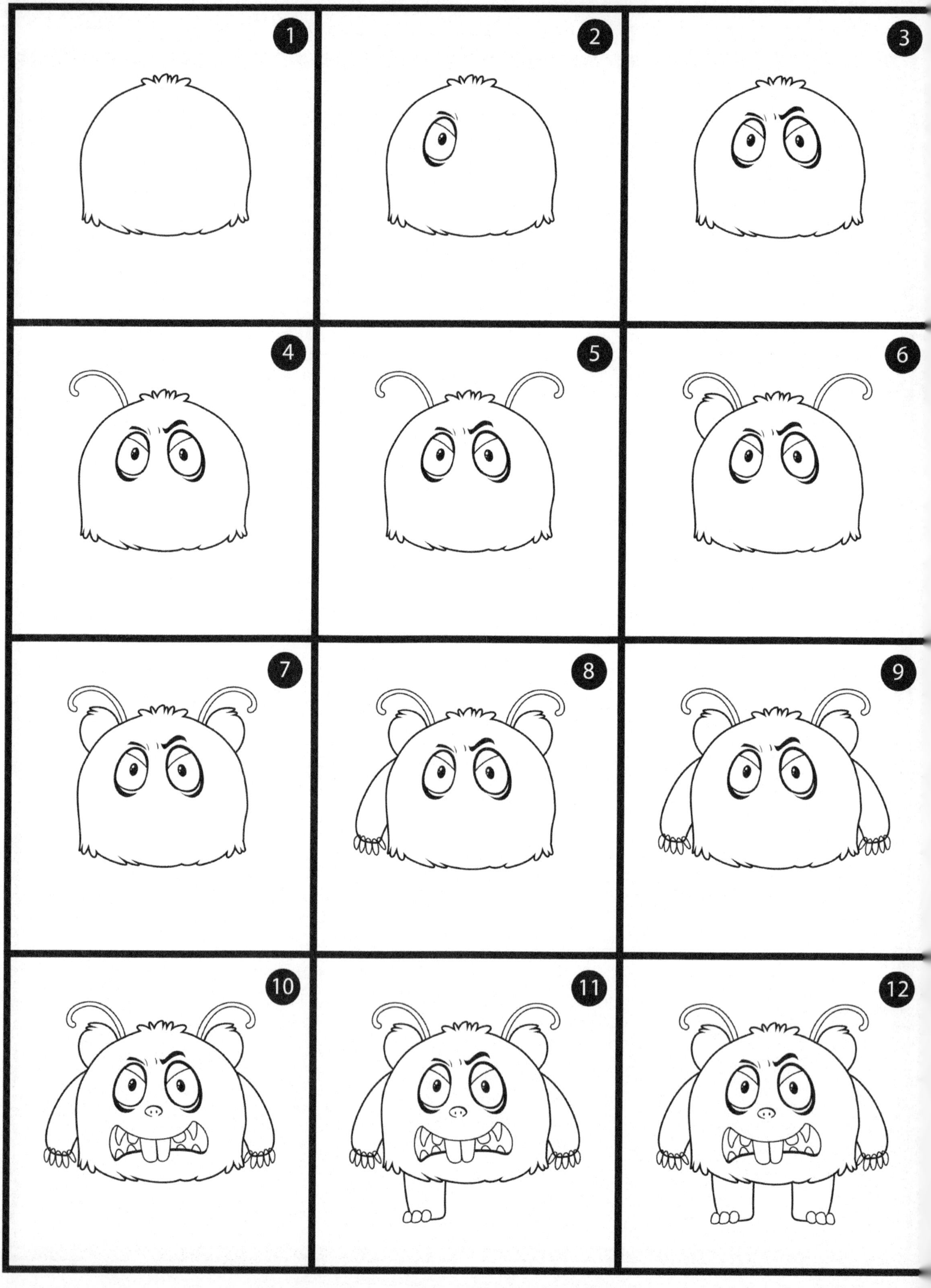
1
2
3
4
5
6
7
8
9
10
11
12

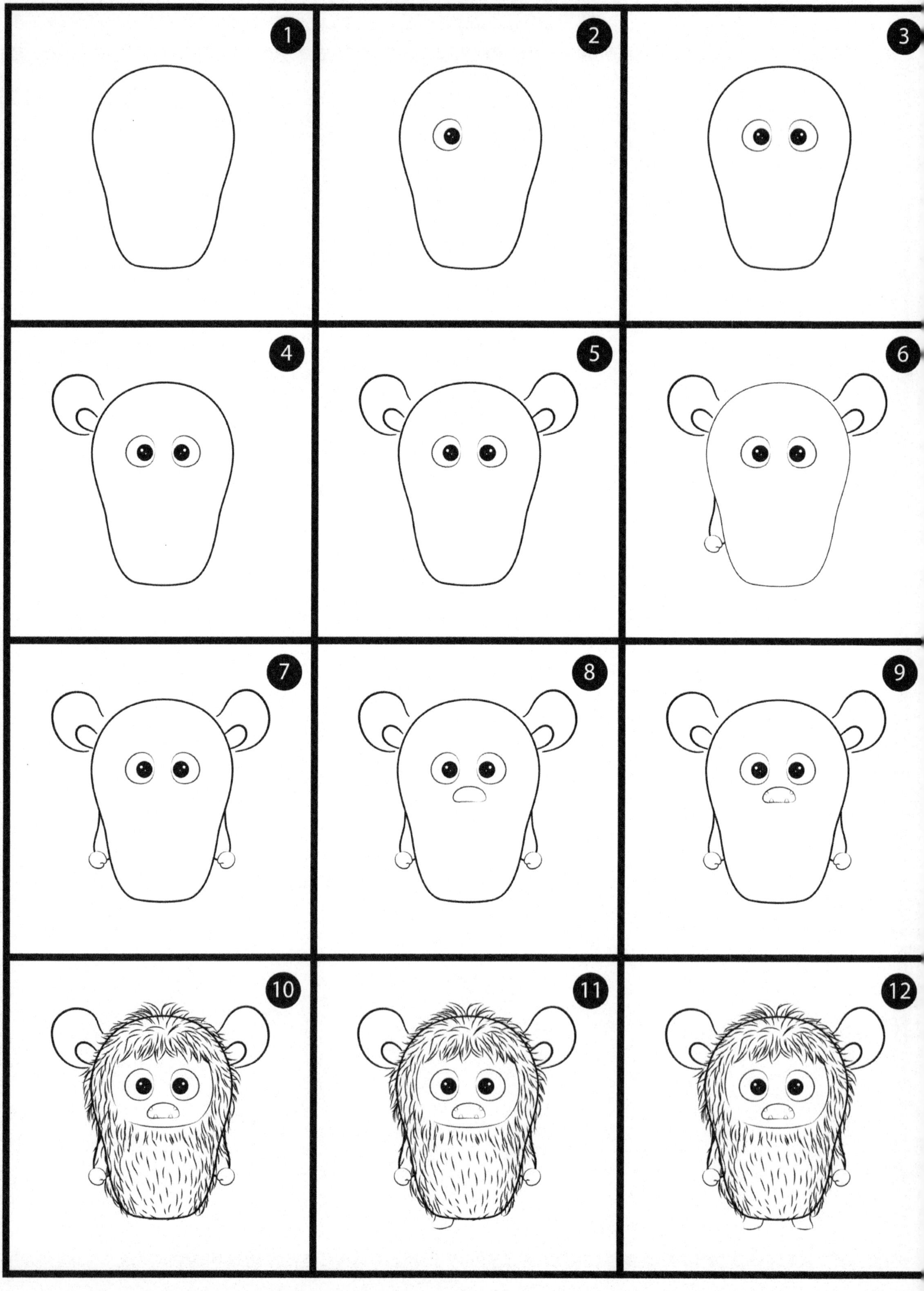
1
2
3
4
5
6
7
8
9
10
11
12

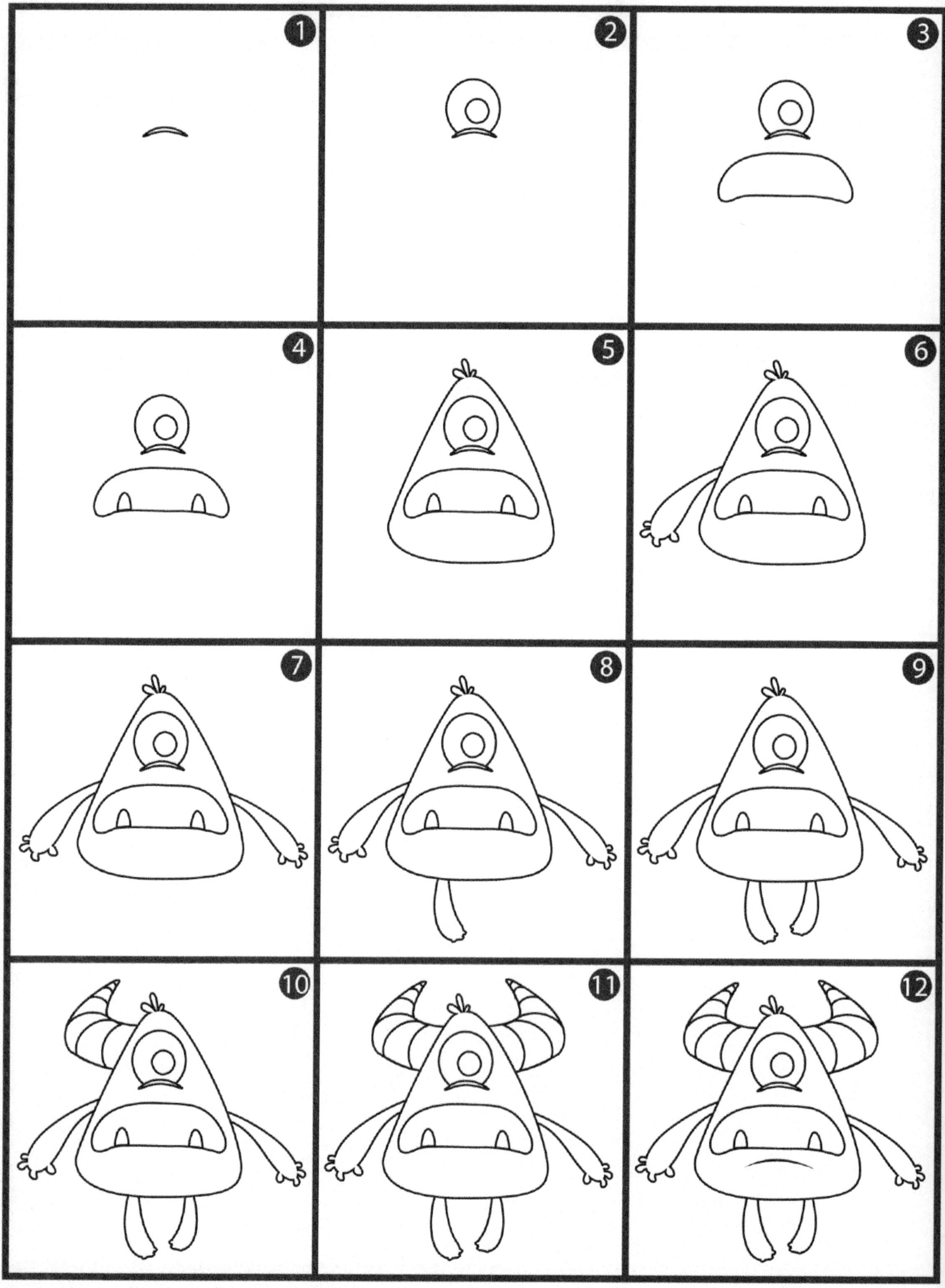
1
2
3
4
5
6
7
8
9
10
11
12

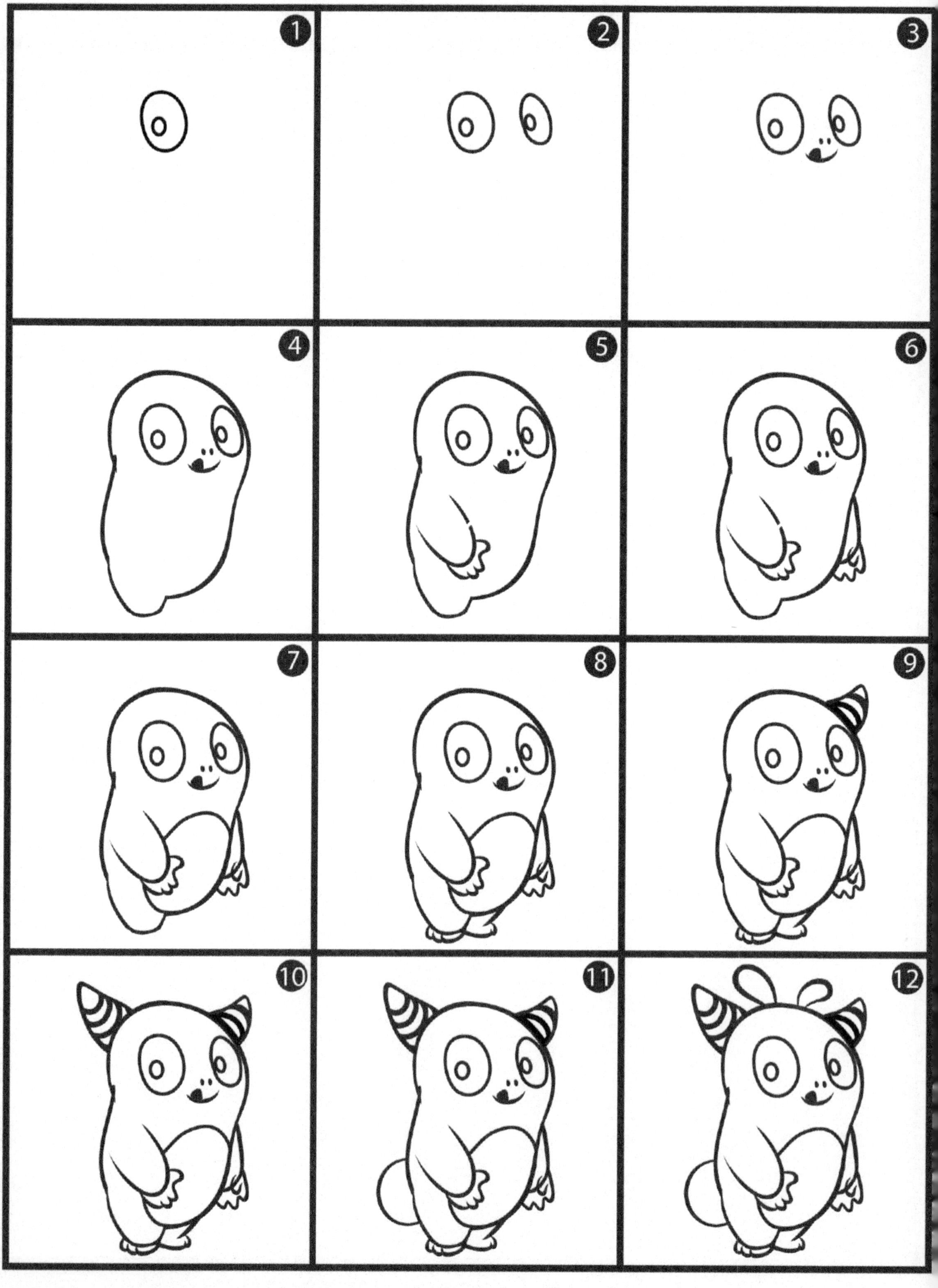
1
2
3
4
5
6
7
8
9
10
11
12

1
2
3
4
5
6
7
8
9
10
11
12

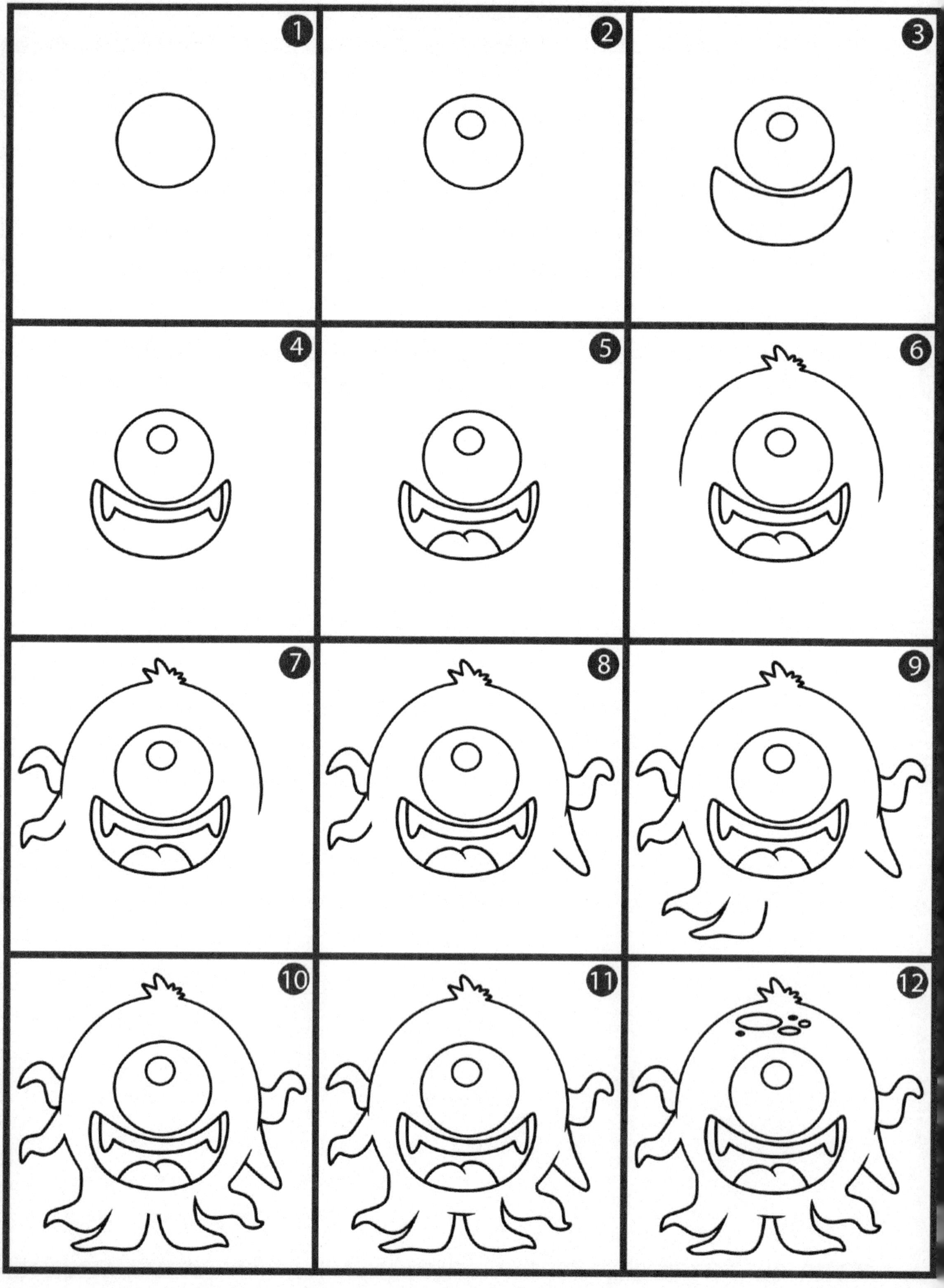
1
2
3
4
5
6
7
8
9
10
11
12

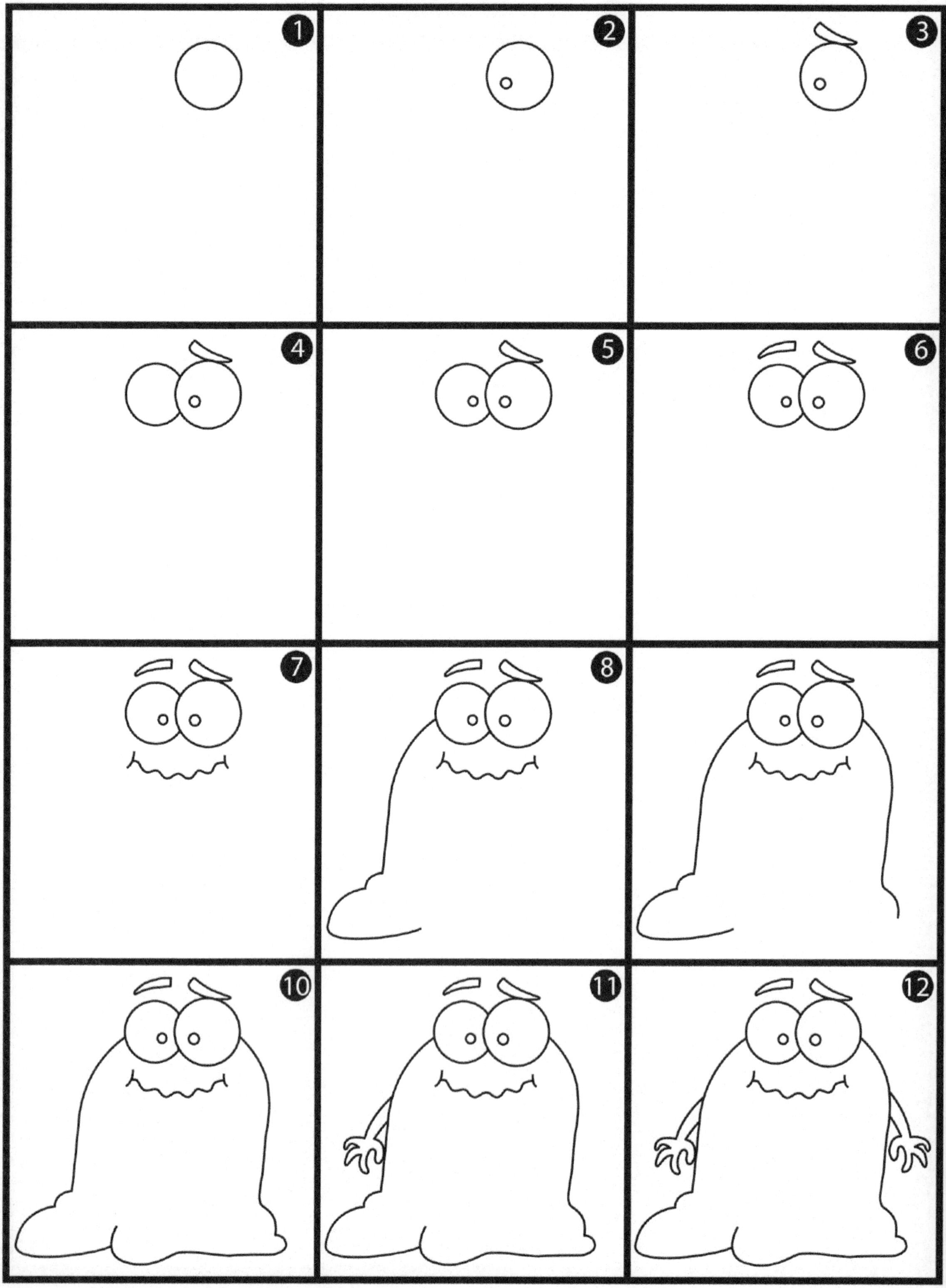
1
2
3
4
5
6
7
8
10
11
12

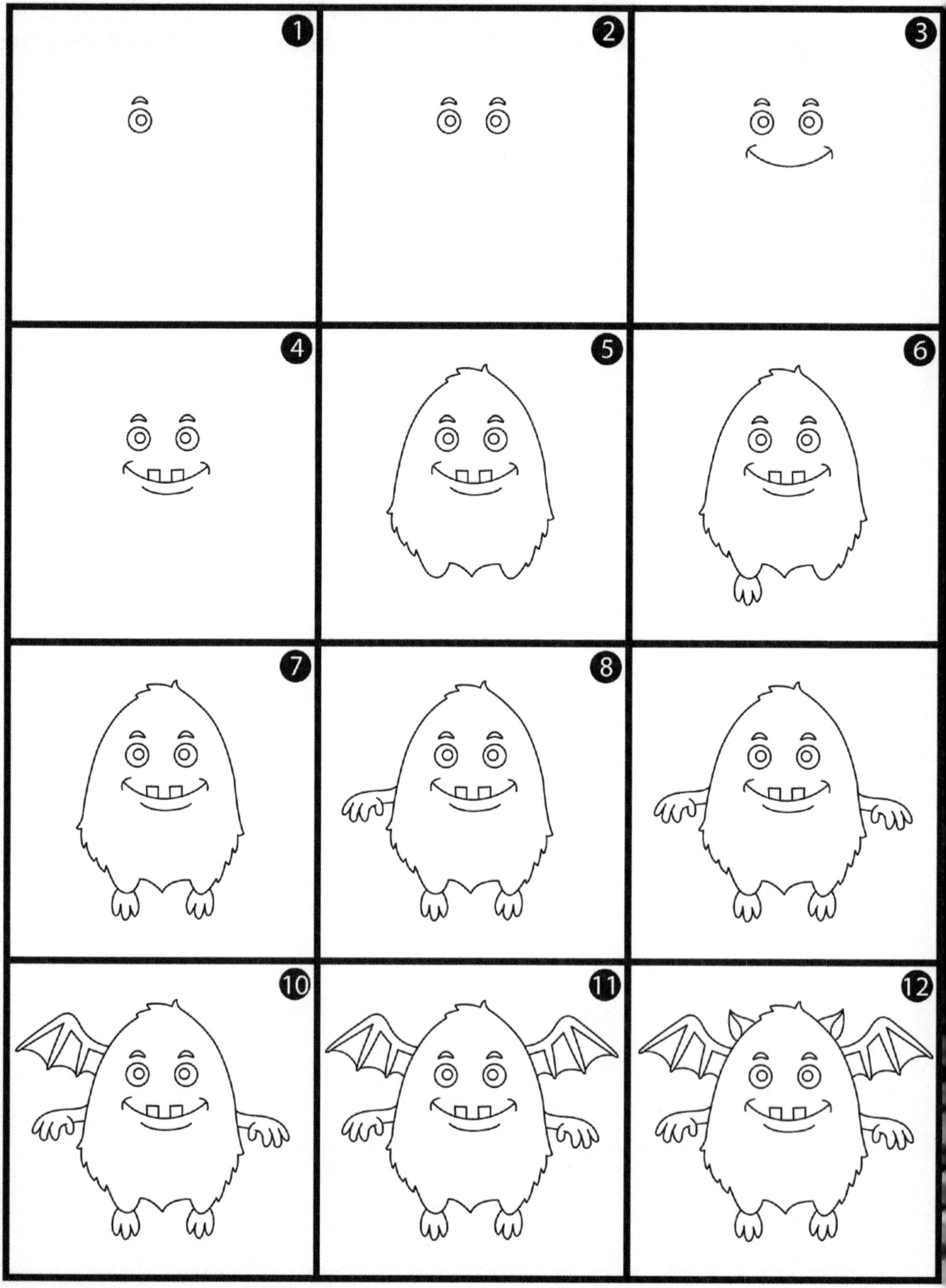
1
2
3
4
5
6
7
8
10
11
12

1
2
3
4
5
6
7
8
10
11
12

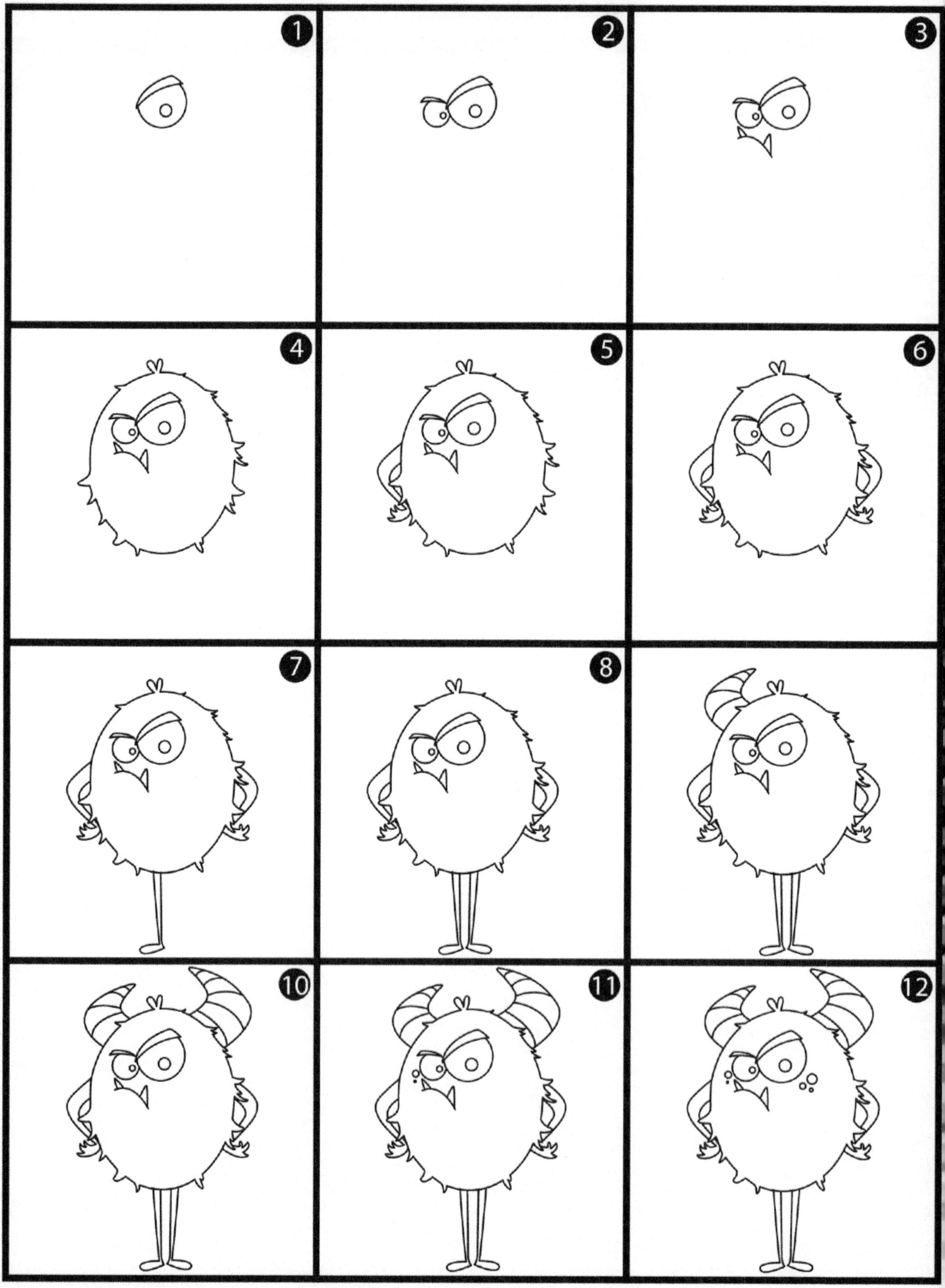
1
2
3
4
5
6
7
8
10
11
12

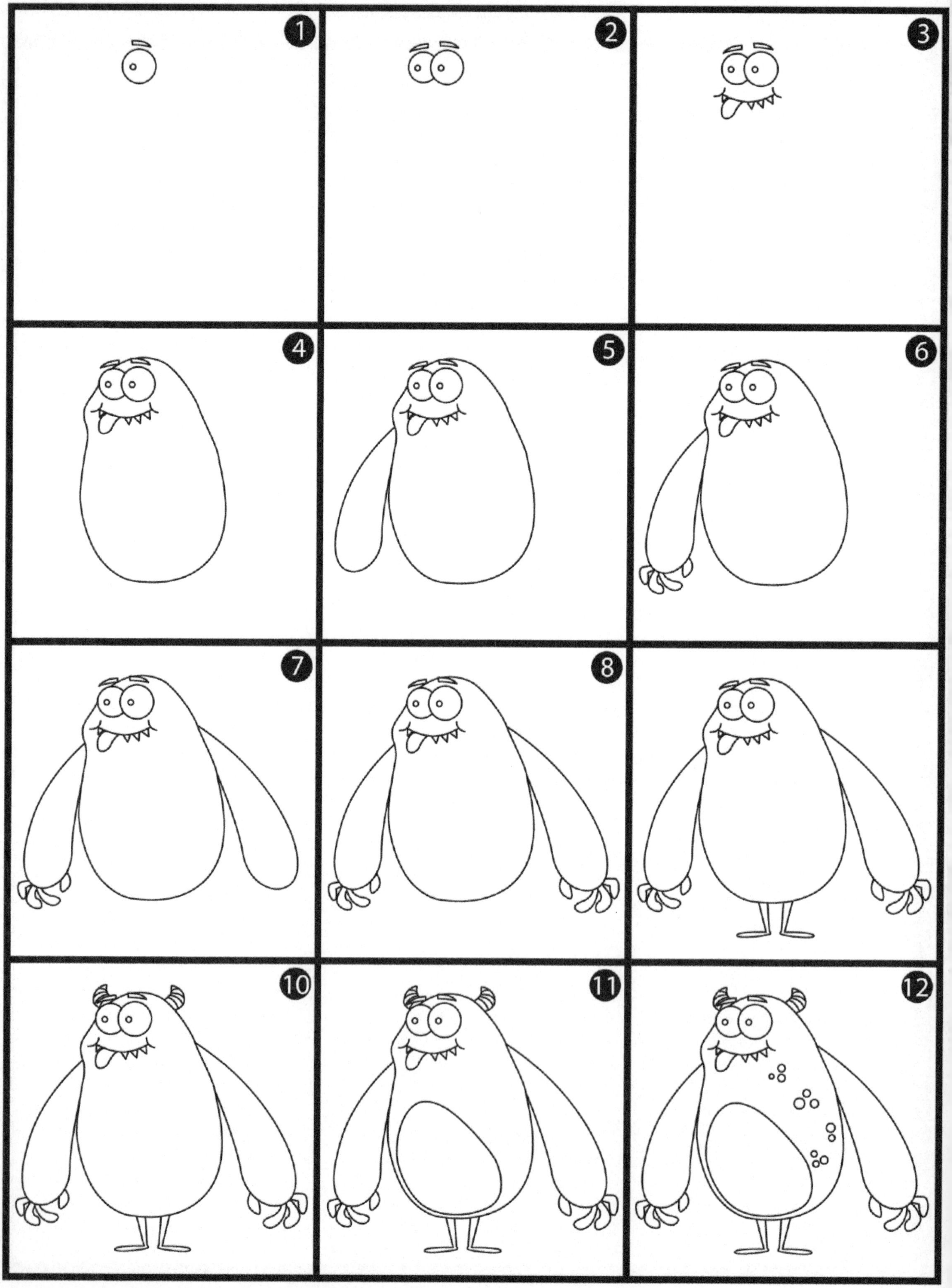
1
2
3
4
5
6
7
8
9
10
11
12

1
2
3
4
5
6
7
8
9
10
11
12

Printed in Great Britain
by Amazon

52905136R00059